# Achados

Waldemar Euzébio Pereira

# Achados

Contos

2ª edição

Belo Horizonte
MAZA edições

*e-mail*: waldemareuzebio@ig.com.br

1ª edição: agosto, 2004
2ª edição: abril, 2005



*Capa*
Roberto Aguirra
*e-mail*: raguirra@terra.com.br

*Revisão*
Maria Regina Pilati Pereira
Gabriela Pilati Euzébio Pereira

*Composição eletrônica*
Pablo Guimarães

P436a Pereira, Waldemar Euzébio.
Achados: contos / Waldemar Euzébio Pereira. – Belo Horizonte : Mazza Edições, 2004.
112 p.

1.Conto brasileiro. I. Título.

CDD: B869.4
CDU: 869.0(81)-34

*Produção gráfico-editorial*
**Mazza Edições Ltda.**
Rua Bragança, 101 – Bairro Pompéia – *Telefax:* (31) 3481-0591
30280-410 Belo Horizonte – MG
*e-mail:* edmazza@uai.com.br
www.mazzaedicoes.com.br

Numa construção nada há de mais importante. Tudo concorreu para a existência, a sustentação e beleza do realizado. Um mínimo detalhe que se lhe incruste e mereça relevância, ou não, apóia-se no todo. Mas ao que mais se tecem loas é ao que se apresenta acima da superfície. Não fosse a terra com sua firmeza, nada se lhe acomodaria sobre, mesmo que o alicerce lançasse raízes profundas em sua intimidade. A ela, como a todos que à sua semelhança mantiveram-me na superfície sem olvidar do alicerce, numa cadeia sucessória que se esbarra na Origem, agradeço e dedico este trabalho.

O AUTOR

# Sumário

# ACHAR PARA NÃO SE PERDER

"Só, na porta da venda, Tutu Caramujo cisma na / derrota incomparável". Esses versos são de "Itabira", do mineiro Carlos Drummond de Andrade. A Minas de Drummond é a mesma de um certo Euzébio. É a Minas da derrota incomparável, com seu avesso de acerto incomparável. Confluências, caminhadas, buscas, achados...

Eis que vejo Tutu deixando a velha venda de Itabira e caminhando, com uma matula pouca na mão, para Belo Horizonte. Vejo Tutu indo, depois, a Montes Claros. Vejo e ouço Tutu contando contos, fazendo itinerários de procura literária. Essa viagem é proporcionada pela leitura de *Achados*, do músico, compositor e poeta Waldemar Euzébio Pereira.

O livro: causos cismados, contados por Euzébio-Tutu, que revelam capa e contracapa de uma vida incomparável: de derrota e deslumbre.

Talvez por isso, diante de *Achados*, o leitor sinta um incômodo. Pergunta-se ele após a leitura: é possível ainda que a literatura tenha a capacidade de achar algo? Só nos resta cismar, como Tutu? Será que atualmente, quando se produz literatura, apenas se desenha um espetáculo sem viço, de dentro de uma das duas bandas opostas do fenômeno literário: o pitoresco e o hermético institucional? Seria possível ouvir (de um leitor mais empolgado com as ondas da moda pós-modernista) sobre a prosa de Euzébio que ela harmoniza esses dois pólos, ou que ela se coloca entre eles, achando lugar para si no quieto, imune (e insípido) lugar do meio. Eu digo não, nada disso.

O que a prosa de Euzébio demonstra é o dilaceramento contraditório entre esses dois pólos (traduzido noutros termos na oposição local universal). A matéria da contradição é um de seus achados. O incômodo do texto é o que encanta o leitor. Texto inquieto = pensamento de leitor inquietado. Nada de milagre. Nada de modismos. Nada de pose, nem de pós-ismos. Simplesmente literatura. Simplesmente brasileira.

Antonio Candido, num dos prefácios à sua *Formação da literatura brasileira*[1], afirmou que não há que discutir se a literatura feita no Brasil é boa ou ruim: ela é a única que temos. A afirmação de Candido ganha grande significação, especialmente, se se levar em conta que os critérios normalmente utilizados pela crítica brasileira para julgar o bom ou ruim em literatura são exógenos. Entretanto, como falar em modernismo, em um país no qual a modernização não se completou? Como falar em pós-modernismo, se o modernismo aqui não se superou?

Euzébio chuta os ismos, expulsa as modas do texto. Dá de ombros ao novidadeiro. Ao lê-lo, sabemos: não temos nem nunca teremos Dostoiévski; temos Graciliano. Não temos, nem nunca teremos Eliot; temos João Cabral. Euzébio é dessa linhagem. Ao ler seus contos, o incômodo da linguagem revela: é literatura brasileira – e das melhores.

Por que motivo, todavia, digo "incômodo"? Por que digo: "das melhores"? Explico-me, tentando achar novos *Achados*.

Em primeiro lugar, o incômodo aparece na configuração da narrativa do migrante, subentendida na configuração do narrador de Euzébio. Para o crítico peruano Antonio Cornejo Polar[2], a narrativa do migrante é a narrativa privilegiada no espaço latino-americano. Além de ser uma narrativa que documenta um importante momento histórico das nações do novo mundo, ela expõe o fato dilacerado de que quem migra conhece por dentro

---

[1] Candido, Antonio. *Formação da Literatura Brasileira* vol. 1. Belo Horizonte: Livraria Itatiaia, 6ª ed. 1981.

[2] Verificar os estudos de Polar, Antonio Cornejo. *O condor voa – literatura e cultura latinoamericanas*. Belo Horizonte: UFMG, 2000.

duas temporalidades. O migrante conhece por dentro as culturas híbridas[3]. Por isso ele é um indivíduo bilíngüe ou bicultural: domina os códigos da manifestação popular e teve acesso também à cidade letrada[4], ou seja, às metrópoles que conheceram o estabelecimento da institucionalização da cultura letrada.

Na fresta entre esses dois universos, encontramos dilaceramento, contradições, derrotas incomparáveis. O narrador migrante dos contos de *Achados* é meio Tutu Caramujo; meio diplomata à Guimarães Rosa. Itabira e BH. Cordisburgo e Rio. Drummond Tutu e Drummond funcionário público.

Polar afirma que a temporalidade da tradição popular é muito diferente da que se encontra na literatura iluminista praticada nos grandes centros econômicos. Esse desnível tão acentuado é uma das razões pelas quais a arte do migrante tem alto potencial de representação do choque entre duas tradições, ou entre duas etapas da modernização periférica.

Chamo a atenção do leitor: ele disse **choque**; não **harmonização** de duas tradições. A narrativa do migrante, muitas vezes, é o testemunho de que não há possibilidade de harmonização dessas temporalidades. Talvez isso seja possível apenas no produto da indústria cultural, na arte tornada espetáculo palatável e mercantil.

Essa é a nossa verdadeira derrota incomparável, que, a contrapelo da lógica histórica ocidental, é nossa vitória literária incomparável. Euzébio está longe do produto industrializado; seus contos, próximos do incomparável. Cito Polar novamente, pois foi exatamente isso que vi na estrutura dos contos de *Achados*:

> "não fingindo unidade e coerência onde o que existe é claramente contraste e ruptura, mas tampouco negando a

---

[3] Para o conceito de culturas híbridas, consultar Canclini, Nestor Garcia. *Culturas híbridas*. São Paulo: Edusp, 2001.

[4] Um excelente estudo sobre a importância do aparato letrado para a modernização latino-americana é: Rama, Angel. *A cidade letrada*. São Paulo: Brasiliense, 1987.

nação em favor de um pluralismo étnico; ao contrário, sob o aval dessa constatação do múltiplo, construindo um objeto que só tem sentido em sua contradição: em outras palavras, uma literatura que somente se reconhece em sua radical e insolúvel heterogeneidade" (Op. cit. p. 296).

Tal heterogeneidade apresenta-se como um importante dado estrutural da construção de Euzébio. No sotaque de sua prosa, estão aquelas duas temporalidades a que me referi anteriormente. Em *Achados,* encontramos ecos da oralidade dos escravos, dos humilhados, dos esquecidos, dos malazartes, dos moleques dos pequenos serviços. Por outro lado, encontramos ecos também de um Drummond, absolutamente moderno, ou de um Rosa, que reinterpretou Joyce e tornou o sertão universal, no melhor timbre de arte erudita.

Sob essa perspectiva, portanto, percebe-se que tempos dissímiles fraturam a constituição da estrutura da obra de Euzébio, em seu nível formal mais profundo, não apenas no conteúdo, de que bem logo tratarei.

*Aprendiz,* por exemplo, é um belíssimo poema em prosa. A sintaxe entrecortada dilacera-se entre estruturas comuns tanto à linguagem oral popular, quanto ao mais refinado discurso modernista da composição poética por justaposição, colagem e escrita automática. O conto exala tanto apelos à vanguarda, quanto à fala simples, plena de poesia, do homem do interior. Estamos diante de um híbrido literário.

Um dos pontos mais relevantes dessa heterogeneidade concentra-se no que creio ser o grande foco temático-estruturante do livro: o verdadeiro grande achado de Euzébio. Por meio das narrativas de *Achados,* o autor promove o cotejo entre o trabalho da zona não modernizada, localizada no passado, e o trabalho literário, localizado no presente, na zona modernizada.

A idéia de trabalho perpassa toda a obra de Euzébio. Isso se revela, por exemplo, desde o título, que pressupõe trabalho de procura, posto a termo pelo exercício literário. O trabalho aparece também muito marcado no conteúdo aparente dos contos, como em todo "Aprendiz" e todo "Achados"; mas também em "Pérsia", com o trabalho da mãe ao costurar o uniforme escolar dos filhos, ou como o ofício de Simeão, aplicador de injeções, em "Surdez".

Todos apresentam trabalhos, aliás, melhor denominados pelo autor de "ofícios". Esses ofícios narrados são de um grau de alienação em relação ao seu realizador muito reduzido. A alienação é um processo histórico (trabalhado teoricamente pelas disciplinas sociais do estudo da literatura) por meio do qual o homem se vai afastando do produto de seu trabalho.

Quanto mais o homem se reduz a produto explorado no sistema capitalista, menos deixa sua marca naquilo que produz. Quanto menos deixa marca, menos aquilo que diz de si, com seu próprio trabalho, é acessível a si mesmo.

Mas, na prosa de Euzébio, por exemplo, a mãe que faz o uniforme ainda é capaz de deixar sua marca pessoal, seu estigma de sentimento naquele objeto que o menino utilizará durante o ano. O cuidado com o uniforme é também, portanto, o cuidado com o sentimento da própria mãe. Simeão aplicador de injeções deixa sua marca no braço daqueles que a recebem (e como deixa!).

O autor procura e acha essa marca pessoal do homem na coisa, operada por meio da representação do trabalho humano. O achado, em termos de mecanismo literário, que dá cor a seus contos, é, portanto, aproximar ao máximo o produto escrito daquele que o realizou. Assim, autor e texto, pela pedra fundamental da biografia memorizada, imbricam-se, contaminam-se mutuamente, tornando a alienação do autor em relação ao seu produto literário algo quase impossível. Se há ficção em Euzébio, não há desejo de fingimento. A invenção aqui contribui para deixar mais marcas ainda do autor no texto, desalienando-o de seu produto.

Assim, é possível dizer que *Achados* vai contra a corrente do que se vem produzindo no egocêntrico eixo Rio-SP, especialmente pela presença clara da biografia. Euzébio mostra não estar comprometido com invencionices e preconceitos. Traz uma visão deslocada, desviante, incômoda e incomodante. Com todo peso semântico da palavra: visão periférica e marginal e, por isso mesmo, mais produtiva que a da média literária atual.

Com relação à organização dos contos no livro, poder-se-ia dizer que *Achados* se divide em duas partes bem definidas. Unindo-as e conferindo unidade ao livro está a idéia de trabalho, como tentarei mostrar.

De "Achados" a "O filho do padeiro", encontram-se contos que chamo de narrativas do primeiro espanto, ou da primeira lucidez. São narrados fatos de descoberta, sempre ligados a ofícios. Estabelece-se aqui a primeira parte do volume.

Na segunda parte, que vai de "Lobisomem" a "Seu Zé Esteves", o espanto já não se dá pelas coisas cotidianas descobertas. Todavia, ao contrário do que parece à primeira vista, também não vem o espanto do caráter fantasmal ou mágico das narrativas. O espanto, aqui, é o espanto do próprio autor com a força da narrativa popular, aquela que, assim como nos ofícios referenciados na primeira parte, encontra-se profundamente marcada pela mão humana, pela crença e pela fala popular.

As narrativas da primeira parte representam os ofícios do povo que protagoniza o avesso da história oficial. As narrativas da segunda parte contaminam-se estruturalmente com as narrativas populares que não foram incluídas na história oficial. Nesse último caso, é o trabalho do próprio escritor, seu próprio ofício que está problematizado. Eis, portanto, por que o trabalho é o fio de unidade dos Achados.

Da mesma forma que a narrativa popular é talhada pela cultura mais genuína do povo, a narrativa culta de Euzébio se vai deixando contaminar pela narrativa popular. Esse é mais um movimento no processo de rejeição da alienação da arte culta que constato na literatura de Euzébio. O popular habita o culto, especialmente a partir da segunda seção da obra, e vai tornando-o popular também. Mas um popular fraturado, pois há um incômodo, uma vez que a homogeneidade não é total. O léxico, por exemplo, vacila. Ora respeita a modalidade culta, ora, às vezes na mesma frase, perverte-o, pela presença do elemento oral.

Daí vem o dilaceramento. O impasse lexical é um impasse temporal e cultural pois, como afirma Bakhtin[5], a palavra é terreno de batalhas de poder. Na tensão culto/oral dos contos de Euzébio, especialmente os da segunda parte aqui referida, está uma tensão de base histórica e cultural. É a tentativa, sempre impactante e sofrida, de tornar escrita o patrimônio cultural popular oral, sem matá-lo um pouco. Não tentar tal feito, todavia, é deixar a oralidade popular morrer, sem sequer ir ao velório. Poucos, entretanto, têm talento para tentá-lo.

Mesmo com a presença desse impasse, ou talvez precisamente por causa dele, o potencial de vigor do "causo" popular mantém-se em Euzébio. Isso ocorre porque a tradição toma conta da cena sem tornar-se espetáculo exótico.

Qual é o mecanismo literário utilizado para isso? O comprometimento do autor com sua gente, com sua biografia, com seu fascínio pelas vozes, pelas mãos que fazem, pelas festas, pelos causos, pela história de quem testemunhou uma vida humilde e vigorosa. O narrador é testemunha nostálgica da imaterialidade mágica do pensamento popular, bem diferente da imaterialidade laica do produto cultural poético atual.

A poesia de *Achados* vem do avesso: de valer-se do que é poético não apenas para o autor da modernizada BH, mas, sobretudo, para aquele que realizou a migração. O popular em Euzébio não é apenas uma iguaria saboreada com certa má consciência na sala burguesa da capital. O popular, em suas

[5] Bakhtin, Mikhail. *Marxismo e filosofia da linguagem*. São Paulo: Hucitec, 1992.

narrativas, traz a marca do homem do povo e da sua força de resistência contra a mediocridade dita refinada cultura média das elites nacionais.

O olhar do narrador de *Achados* é deliciosamente estrábico: um olho no moderno, um olho no arcaico. Nos choques entre um lado e outro, surgem lascas de poesia legítima, comprometida com a mão do homem que escreveu. Uma poesia, portanto, que não é alienada desse mesmo homem.

Euzébio emociona e revoluciona porque é pessoal, assim como Tutu Caramujo, uma espécie de outro eu do mineiro Drummond, outro estrábico de marca maior. Euzébio achou-se a si mesmo nos contos e, com isso, reencontrou uma literatura que já não se vê há um bom tempo no Brasil.

Quem topar, junto com o narrador, com certos achados durante a leitura terá esta certeza: numa literatura como a de Euzébio, que, sem falseamento, exala vida, o Homem pode buscar se achar 'por amor de' não se perder...

*Alexandre Pilati*
Poeta,
Doutorando em Literatura Brasileira (UnB-DF) e pesquisador do Grupo "Literatura e Modernidade Periférica" – Plat. Lattes / CNPQ

# ANTES, UMA PALAVRA

Quem leu *Do Cinza ao Negro*, último livro de WEP, perceberá que o gênero é outro, mas ambas as obras, nos aspectos estilísticos e temáticos, são a mesma; que a experimentação mudou de suporte, mas há um mesmo olhar, poético e dilacerado, voltado para um determinado tempo histórico, povoado de gente humilde a fazer cenário no palço de uma comunidade, que bem pode ser definida como aquela drummondeana cidadezinha qualquer. E surge daí toda uma gama de personagens periféricos que, transformados pelo milagre da literatura no seu sentido mais amplo da investigação desse nosso estar no mundo, são feitos os atores centrais do espetáculo da vida e esta, agora, sim, humanizada, através da síntese poética e do olhar criativo do escritor. E o que eu disse sobre *Do Cinza ao Negro*, posso também afirmar sobre este novo achado de WEP:

> "Identificamos, assim, o fator emocional servindo de (in)utensílio poético ao nosso autor. E suas raízes, devastadoras?, opondo-se à fria racionalização das coisas. (...)E tudo, não na perspectiva de uma genialidade deslocada, mas de uma rica experiência pessoal, ao mesmo tempo intransferível e capaz de mostrar-se plural e coletiva, fazendo com que o aparente não-lugar (ético e estético) nesse atual estado de coisas que o poeta representa possa ser refletido, enquanto ensinamento e aprendizado de um processo (belo e doloroso) de descondicionamentos. Em WEP a ampliação do cognoscível já nasce imunizada contra as perversões da máquina do mundo e das fórmulas estéreis de se fazer poesia (ordinária)".

E fôssemos ouvir, nesses tempos de Fukuyama e Cia., o velho e hoje já não tão referenciado Ortega "Colocar os materiais de toda ordem, que a vida, em sua perene ressaca, arroja a nossos pés como restos inúteis de um naufrágio, em tal disposição que neles se dê o sol inumeráveis reverberações", logo, logo nos perguntaríamos: e quando o material arrojado aos nossos pés, como restos inúteis de um naufrágio, é a nossa própria existência, mais especificamente a nossa infância, envilecida pela extrema pobreza e toda espécie de preconceitos? Descobriríamos, então, que WEP está a anos-luz dos tantos diletantes de plantão, com os quais tropeçamos nas estantes das livrarias e bibliotecas ou nas esquinas de nossa vid(inh)a literária; que ele é um humanista no sentido pleno; e que a função da sua literatura, que tão bem nos ilumina a experiência, é devolver a dignidade aos que nasce(ra)m, cresce(ra)m e sobrevive(ra)m ao naufrágio dos seus valores.

E pelo que foi dito até aqui, bem mais que esmiuçar-lhe os processos, quem sabe não repetindo um ou outro conceito, num ou noutro jargão bem apropriados à gama de definições já tão academicamente batidas ou insistir na nossa mania de invocar enes teóricos como suporte para cada opinião hesitante, num tempo de tantas produções literariamente corretas, acho que a obra de WEP merece mais. Que outra vez se chame a atenção para sua capacidade de nos sensibilizar o olhar sobre nós mesmos e o outro e à sua síntese poética, independente do gênero e da área em que o autor, também músico, atue; à ironia do seu humor, só aparentemente ingênuo e capaz de denunciar com agudeza a injustiça social sem precisar fazer comício; à lucidez do seu crivo avaliador das pessoas no seu substrato, num tempo em que a essência das coisas já não (as) toca e os gestos se nos parecem por demais avulsos ou deslocados de seu real sentido; enfim, sua capacidade de muito bem cantar a sua pequena aldeia e ser universal, específico e plural, antigo e contemporâneo.

Quem ler as suas narrativas não deixará de a si mesmo enxergar ou a alguém que tenha conhecido. O universo de suas vivências transforma o particular numa experiência agregadora de valores universais, enriquecendo a tantos quantos de sua poesia e prosa de ficção se acercam, pois artesanato e memória nelas funcionam como matriz de um ato criativo umbilicalmente ligado ao aprendizado da vida e sensível às inquietações das pessoas em seu substrato. E jamais encontramos em WEP a antipática atitude do autor que orbita em torno do próprio umbigo ou se revela cioso de se mostrar ajustado a algum ditame, senão aos da sua consciência crítica. ("*Achados*: Algumas digressões para uma crítica literária").

*Marcos Dias*
Poeta e ensaísta

# ACHADOS

*"a. nesta mão eu te trago a estrada suja de suor,*
*nela escrevi meu nome, dela reconheci a firma,*
*apesar da dor e do sofrimento, muitos anos correram*
*até eu chegar aqui, com este testamento*
*todo timbrado de armaduras e distâncias."*
(Adão Ventura)

Tava já passando a vez do engraxate. Aquele ofício dava pra nadinha mesmo. Rendia uns trocados que mal acudiam o picolé, o aluguel da bicicleta e outras bobaginhas de economia rasa. O mais era carregar aquele despropósito de caixa às costas, batendo de porta em porta. Serviço cansativo e de pouca glória. Já era tempo de pensar noutro oficio. Não fosse pela sensação de ficar ali na zona boêmia, caçando um serviço mais avultado das mulheres-damas, a desistência já teria arriado a caixa e o tempo consumido com as escovas, graxas, tintas e a flanela de realçar o lustre e fazer um ritmado bonito. Dava até para tirar um samba e alguma justificada gorjeta. Ficava por ali perambulando, como quem não quer nada, me ardendo de vontade de ver alguma safadeza. Um desprevino qualquer, era a conta da cafetina repor as coisas ao seu devido lugar: – Moleque atrevido, lugar de esperar sapatos é lá fora! A orelha ardia em brasa. Valia a pena o risco, só para sentir aqueles perfumes e ver aquelas mulheres todas pintadas e de vestidos extravagantes, perdidas em nuvens de fumaça. Mas ficou nisso. Nas penumbras. Naquilo que não alcançavam os olhos o fermento da imaginação completava. Lição do Capa Preta.

Chegava-se ao fim de um ciclo econômico. Urgia mudar de negócio. Foi a vez do mercado. Menino pequeno é que nem o tinhoso: aparece e desaparece num piscar de olhos. Só fica a marca do malfeito. Uma fruta ou outra, surrupiada com categoria, não ia deixar ninguém mais pobre do que eu. Valia a lógica de quem tem mais... Depois, era demais tormentoso e cansativo carregar aquele cesto que mais parecia um balaio acompanhando que nem rabo de cachorro vadio as pechinchas das madames e seus bate-papos sem fim. Daí, uma bananinha maçã, bem madura, pulava da cesta para recompor as forças na peregrinação. Às vezes, acendia a lembrança da maçã. O coração palpitava. Corria a mão por sobre as bichanas, vermelhinhas, danadas de cheirosas. Coração disparava. Secava a boca. Faltava atrevimento. Maçã é comida de rico. Aprendizado pela falta. Ela deve saber quantas tem. Eles contam. Dá pra mexer, não. De banana ninguém faz conta. A mexerica cheira muito. Não dá para disfarçar.

Não durou muito o ofício de esterqueiro. A bosta do boi e do cavalo era posta para secar no quintal, depois batida com um cacete até ficar sem grumos. Só comprava quem tinha canteiro de flores ou de verduras. Era costume ter-se ao fundo do quintal alguns canteiros com legumes, verduras plantadas de sementes, alguns remédios (funcho, hortelã, cidreira, boldo, etc.) e um pé de pimenta malagueta, por sabedoria esquecida. Pagavam pelo saco de aniagem, transportado num carrinho-de-mão de fabricação própria, preço de merda. O alumínio e o cobre, vendidos no ferro-velho, tinham paga miserável. O truque de amassar a lata com ferro ou pedras dentro, nem deu para ser utilizado. Seu Vuco-Vuco era bem vivido em sua profissão. Ninguém queria passar a vergonha de ser apanhado com a mão na massa. Além do mais, era conhecido do pai.

Paralelamente a estas, corria outra atividade, também de carregar. Um parente cismou de engordar um porco. Ganhou o tal suíno lá de não sei quem, fincou uma meia dúzia de lascas de aroeira no fundo do quintal, uniu a elas umas tábuas e delimitou a residência do dito. Fui contratado para alimentar o bichinho. A lavagem era apanhada no centro da cidade e levada para o bairro, todas as tardes. O miserável ia ajudar no enxoval do meu parente que tinha noiva para casar. Quatro arrobas eram o bastante. Como paga, aos domingos, era garantida a matinê das duas, no cinema da praça do Hotel São José.

Tarzan era forte e bonito. Vestia-se que nem eu. Nadava que nem um danado. E andava no meio dos bichos. Dele deixei de gostar. Ao querer imitá-lo, na sua fortaleza e esperteza de passar de uma árvore para outra, Zé Maria Curiango, sem saber de meus propósitos e sem malícia, comentou que eu poderia fazer um filme de Tarzan, mas, no papel da companheira dele. Foi a primeira desavença com o filho de Dona Mariinha. Talvez a única. Bastaram-me poucas brigas para assentar fama, que administrei até pelos doze anos.

Alguns fatos duraram por uma eternidade, embora acontecessem apenas uma vez no ano. A exemplo, o Natal. Natal era festa da diferença e dos rancores não explicitados durante o ano. Vinha acompanhada de uma música que dizia: *"Botei meu sapatinho na janela do Quintal / Papai Noel deixou meu presente de Natal / Como é que o Papai Noel / Não se esquece de ninguém / Seja rico ou seja pobre / O velhinho sempre vem."* Tia Mana, ao se exercitar em fazer diferente, mais ressaltava o que não pretendia. Tirava do pouco que recebia como empregada da torrefação de café do Sr. José Trindade, com que contribuía para o sustento da casa, e comprava balões que soprava à noite e amarrava na viga da sala que dava para o corredor e separava os quartos da cozinha. Esta cena se repetiu por alguns anos. A ela íamos, invariavelmente com afoiteza, para terminá-la com muita raiva, inveja e choramingos. Nem bem amanhecia, os primeiros raios de sol nos encontravam na frente da casa a jogar nossos balões como se fossem bolas de futebol. No tempo em que a avenida era terra viva, ainda duravam algumas pelejas, desde que não nos empenhássemos em bola dividida. Depois que colocaram cascalho... Logo apareciam outros meninos com suas roupas novas, sapatos, bolas de verdade e até bicicletas. Havia sempre algum descuidado a nos perguntar o que o Papai Noel nos havia dado. Naqueles momentos, eu me detestava e ao meu pai, por ser preto, pobre e feio. Papai Noel parecia não gostar destas qualidades. Pois, não havia meio daquele velho barbudo, intencionalmente míope, atender a nossas intenções. Faltou sapato. A música pedia. Não havia remédio. Quando se conseguiu, não se remediou. Depois da janela do quarto do casal, à frente da casa, havia mais uma, pequena, num dos três quartos. A janelinha fora aberta com tanta esperança e certeza que, por momentos, a realidade fora como a do sonho da valsa. Havia uma aura por sobre o sapato, fracamente iluminado por preguiçosos raios de sol. Seria o presente? Era mentirosa a letra. Ele não vinha para pobre. Nada poderia dizer o contrário. Conhecimento vivido é fé, nada arreda. Nem ameaça de cruz. A primeira mentira pressentida revolve o estômago. Falta-nos o amparo da hipocrisia. O aprendizado sinaliza: a sensibilidade pode não ser boa companhia, mas é a nossa marca d'água. Igual frutos, amadurecemos desiguais. Primeiro, do lado exposto ao sol. A bronca subiu até Deus, por ter-me deixado nascer ali, naquela família que só sabia crescer como erva daninha.

Aí, deixei de ser primário, ingressei na Escola Profissional Umbelino Martins, recém-criada e administrada pela Estrada de Ferro Central do Brasil. Ia aprender ofício, ser ferroviário. Exigência do pai. De início, já sabia que não ia dar certo, mesmo com tudo concluído: expectativa, formatura, aplausos e quatro anos de peleja. Não me adestro em mecânica, naquilo que é repetitivo, sem imaginação. Não me via maquinista, percorrendo itinerários de ferros em bitolas estreitas, sem autonomia de atalhos, submisso a traçado pré-determinado, com hora precisa para sair e chegar. Por mais poéticas que pareçam Maria Fumaça e a encantação de sua buzina, penso nelas mais como passageiro que condutor. Era necessário ter profissão. O pai determinou. Os ferroviários eram bem conceituados econômica e financeiramente. Tio Manoel desbordava exemplo. Ao voltar da "cidade" com a Tia Chica, desembrulhava todas as compras feitas para si, para a mulher, para a casa e para os filhos. E se iam soberbos.

A maioria dos professores era de ex-alunos, vindos de outras escolas. Professor Juvenal Caldeira Durães, que levou para o caráter o sobrenome, uma exceção. Era da terra. O gênio, professor Joel, criava mil utilidades. Inventou porta que se abria sozinha, quando a gente se aproximava dela. Historicamente, desvelou Ali Babá, com grande vantagem: não precisava senha, bastante se chegar à engenhoca para ela se abrir despudoradamente.

A Igrejinha, como carinhosamente era chamado o Santuário do Bom Jesus, está plantada a dois passos de casa, no outeiro da Rua Belo Horizonte. Voltada para o poente, contempla à sua esquerda a Catedral de N. S.ª Aparecida e à sua direita, a Matriz de N. S.ª e S. José. Abençoando ao fundo montes esbranquiçados. Na corda do arco imaginário entre uma e outra, mira complacente a minúscula Igreja do Rosário. A primeira estação dos ternos de catopês que desciam do Cintra com destino a ela era no Santuário. Caixas, chocalhos, pandeiros, violas, penas e cantigas de letras indecifráveis enchiam de som, colorido de fitas, reflexos de espelhos e rodopios os arredores do cruzeiro à frente da porta principal. Reis e rainhas, príncipes e princesas realizavam nossa imaginação atordoada pela zoada e emoção. Zé Preto cantava mais alto que o cego Lauriano, rivalizando-se com as caixas. Servida por minúscula praça de mesmo nome, impede a progressão da Rua Belo Horizonte para, logo depois, ceder vez ao Pai da Aviação, numa humilhante avenida de pouco mais de cem metros. A Turma que gravitou ao seu redor é realidade viva, bastante encontrar um desses personagens, para tudo recomeçar. Justino é uma enciclopédia aberta. Fazíamos enormes caminhadas *filosóficas*. Não raro, íamos até a zona boêmia analisar a degradação dos sentidos. Nossa maior tristeza era ver o Padre *Jota* babando de bêbado sobre as mulheres e elas repelindo-o. Lembra-se de casos e atribui-me fatos com os quais não atino mais. Passo-lhe o troco.

Estes são os achados. As lacunas entre uma coisa e outra, não iluminadas pela luz da memória, são os perdidos..., que poderão ser achados, se me faço entender. Donde os criados, recriados e mal criados. Cabe a cada um escolher. O propósito não é o de "unir uma ponta à outra", como pretendeu o Bruxo do Cosme Velho, mas confesso que me atrai o sabor em reatar, urdindo, invencionando e confundindo o real com o idealizado, os fatos com as pessoas.

# APRENDIZ

*"Os homens constróem*
*no tempo o lastro,*
*laços de esperança*
*que amarram e sustentam*
*o mastro que passa*
*de vida em vida".*
(Conceição Evaristo)

No reverso, a dúvida catucava no profundo. Será o que havera de ser? Tanta sofreguidão para se segurar que qualquer descuido de um nada de meu Deus derranca tudo. Não. Era preciso conservar calado. Por mania, a gente é pega pela boca. Língua solta só desserve. O silêncio tem sua autoridade. Grandeza de se manter calmo, quando nem um nada tá. Nas aparências desdenha-se, manda, comanda e desmanda. Se você parece, é. Bastante arrevezar no ofício. Havera de ser, que seja. Fazer de conta o que de fato é: mais que ser é ser rastro. Dentro, redemoinho. Fora, calma de almas vigilantes. Autoridade tem autonomia. Uma vez aprumada no mando, carece requerer leme ou timão. Tudo que lhe é subalterno se arroga no direito. É um átimo. Tira pé, põe pé. Zás! Labareda ribanceira abaixo. Faz mais. Efeito do defeito somado a defeito. Ou malfeito. Não espreita diferença. É como raiva: se alimenta e se realimenta. Me conte injuriação, já apanho raiva do sujeito. A modo de que vim parar nestes costados? Caluda! Se me arreganho, desguarneço. Não se pergunte nunca. Nem se preocupe em arengar resposta. Rompe. O que foi pensado diligenciou-se. Descarece preocupar. O que não está escrito vale mais. Ninguém corrompe a Lei. Resvalando de esgueira, o tempo não ladeia, nem frenteia. É, sem detença. Nada tarda. A melhor tenção nasce pronta. Que nem fogo. Triscou pedras, fez-se. Corre conversa comprida. Dentre em meio às falas dos bichos e o zoar do vento na folhagem. Assussurrada. Dá pra estancar, não. Se delonga prosa, dispersa, falta. Carece de urgência. Atenção nas máximas. Sabe-se por que a fala caminha para destaramelar os sentidos e descer pelos ossos do corpo. Registra-se. Isto posto, não finda. Entranha-se no espírito do sangue. Não carece forcejar entendimento. Desta só entendem ouvidos feitos afins. A jagunçada manda mais que dono. Aumenta o mal de ofício coser o destemperamento à ausência de peias. Eita que urge! Nas entrelinhas é que se cumpre o riscado.

Ele tava ali. Assustado. Olhos esbugalhados. Inseguro. A necessidade obrigava. Preciso era confiar. Outro meio? Tá magro de dar dó. Bastante judiado. Deve ter sido homem de grande sustância. Guarda restos de vitalidade antiga. Braços compridos de músculos desenhados. Rosto cavado. Ofega. Alvoroço na fazenda. Sai-se muito a cavalo. Revólver na cinta, espingarda enfiada na sela e pirata comprida. Couro de boi curtido. Não se vê ninguém para perguntar sobre o açodamento. Parece coisa de urgência. Todo ele comprido, espichado, reto. Mal se agüenta em pé. Rompe o passo. Se achega, conversa alguma coisa. Ganha de comer. Pedaço de rapadura e punhados de farinha de mandioca na mão. Some no mato, de onde apareceu como por encanto. Alguém não voltou da roça. Três dias de sumiço. A cachorrada baba de vontade. A presa não foi caçada. Dá nos nervos do capataz. O pessoal da captura volta ressabiado, sem querer dar notícia. Era acusado de fazer corpo mole. A pirata cantava no tronco. Sei não, sinhô, sei não, sei nada, na fé de Deus. Mentira, negro miserável. Espuma o capataz. Fala mansa. Dentes rangendo. Pálido. Madrugada. Dia ainda por vir. Frio. Pai parece mais sério que o de costume. Há serenidade no rosto e determinação nos gestos. Algo lhe dá excessivo vigor. Eletriza-o. O capataz teve o cuidado de examinar tudo. Daquela prisão, ninguém fugia facilmente. O que procurou não encontrou. Quem der fuga se sujeita à morte. Ficavam perdidos naquela Jaíba de lonjura despropositada. Era quase impossível fugir. Mas o desespero obriga. Só a liberdade faz sentido. Seu Aurelino era bravo. De prosa mansa e franzino de corpo. Natureza de cobra enrodilhada. Pronta para o bote. Prontidão assassina. Frio que nem aquela manhã. Pegava os negros no meio da mata. Muita areia. Sol frigidor. Cobras e onças. Era judiação só. A cachorrada fazia a farra, primeiro. Meio da mata escura. Caminhão pára. Pai desce e um vulto se movimenta. Sobe na carga de madeira e é embrulhado na lona. Perigoso façanhar com fuga. Pode terminar em morte. Não liga. Toca o carro. Sol tá rachando. Na cabina o suor começa a correr. O miserável não vai morrer sufocado, não? Vamos atolar de novo naquele banco de areia? Pergunta o pensamento. Menino não se atreve em coisas de adulto. Ele dirige sério. Fala nada. De fala, pouco ensina. Faz. Tem prosa pra gente, não. Talvez lhe falte jeito, pelo descostume do outro pai. O dele. Será que isso passa de um para o outro? O silêncio dá respeito e autoridade. Pode até nem ser nada disso. A gente talvez não tivesse nada pra prosear mesmo. Dizer o quê? Se compreensível é ficar calado, o mesmo não seria externar o que sei que vou saber. Na semente dorme árvore adulta. Burarama tem estação de trem-de-ferro. Da lona sai algo fedorento. Ganha calça e camisa e um pouco de paçoca de carne. "Sou da Bahia". "Pega o trem de Montes Claros que vai pra Monte Azul. Lá tem baldiação". "Deus pague o senhor".

Caminhão parte. Parece outro o motorista. O calor diminui. Chega Montes Claros. Descarrega na serraria do compadre Levi Pimenta. Em seguida, à casa do Dr. João. Diz-lhe que não trabalha mais para ele. Nada a explicar. Vendo se aprende. Só botar reparo. Que nem no sonho.

# A CANTORA

*"Eu queria entender*
*Esta cantiga de criança:*
*"A menina pretinha será rainha, olê, seus cavaleiros!*
*Mas está presa no castelo, olê, olê, olá!*
*E por que ela não foge?, olê, seus cavaleiros!*
*Mas com quem está a chave?, olê, olê, olá!"*
(Esmeralda Ribeiro)

Ela nasceu com ganhos da natureza. Desde as primeiras falas, gostava de cantar. Tinha lá essa prenda, sem nenhum reparo. Cantava. Era só. Não se sentia especial por isso, pois o que Deus dá, só o prazer acrescenta.

À medida que crescia, a voz ganhava corpo e admiradores. Lisonjas daqui, lisonjas de acolá, nada afetava a simplicidade e o canto da menina. Mal comparando, parecia a *Carme Miranda,* sabiá laranjeira do meu parente; era desapetrechada das vergonhas do acanhamento. Cantava. Era bom para si e para os demais. Cantava e só.

Mês de maio. Anjos perambulam pelas ruas. Saem de suas casas, a pé ou de carro. Entram nas igrejas pelas mãos cuidadosas e aflitas das mães, atentas ao menor detalhe. Sobem airosos aos altares. Cantam e coroam a Mãe de Jesus. Reafirmando seu reino entre os devotos.

Na Igrejinha as coisas não se passam diferentes. Difícil atender às mães de tantos anjos. Durasse um ano e aquele mês não daria conta de tantos pedidos. Dizia-se.

Hora da coroação. Ponto máximo da festa, sempre ao final da celebração noturna. A criancinha, de preferência mais assemelhada à representação de um querubim, eleva a coroa nas mãos e canta como só cantaria um anjo, se se desse ao ofício, enquanto coroa a imagem de Nossa Senhora, sob uma chuva de pétalas de rosas, derramada pelos outros anjos.

As famílias acodem com respeito e devoção. O orgulho de ter filha coroando a Mãe Imaculada fica por conta dos corações de mães. Nada descreve. Nada define a fé, nem deveria acompanhá-la, por ser aquisição única, pessoal e incomunicável. Como nascimento e morte. Fé é solidão.

Quando a candidata escolhida para a coroação não se entendia bem com o canto, por qualquer de suas colcheias, semicolcheias, pausas ou sei lá quê, a menina da voz boa era colocada atrás do altar e ajudava a querubina a entoar o canto.

Deu-se de certa vez a menina querer também coroar a Santa. Nada mais normal, já que todas as colegas a coroavam. A feliz infante padecia do entendimento sobre normalidade (movimento contínuo que não convive com mudanças, questionamentos, nem admite novidade. Para mudá-la, necessário ir contra sua natureza química).

Naquele ano não deu, porque não havia vaga. As candidatas eram inscritas com antecedência etc., etc.

Ano seguinte, também não deu ("você ainda insiste nisso, minha filha?"), porque se esperou que houvesse alguma desistência, que infelizmente não aconteceu. Fato que deixava muito triste a organizadora. Mas, para não desapontar, a insistente menina ficaria atrás do altar por duas ou três vezes e poderia assim satisfazer plenamente o seu desejo, pois cantava para a Santa, não para o povo. E ficava feio a vaidade numa criatura tão pequena. Aliás, se você quer saber, minha querida, vaidade é pecado. Além do mais, o vestido de quem coloca a coroa é especial, dá uma trabalheira louca para fazer e me parece não ficar barato. Essas coisas de despesas... Bem, veja lá com a sua mãe. A candidata a anjo sentiu um calafrio percorrer-lhe as costas, como um pingo d'água gelado.

No terceiro ano que se seguiu ao primeiro pedido, esquecida do pecado, do preço e do pingo, a menina foi avisada de que estava na época de fazer a Primeira Comunhão e que por isso não podia mesmo ser atendida. Não era para desanimá-la, mas, as querubinas, serafinas e outras *"inas"* mais (a menina não entendia bem de hierarquia celeste) deveriam ter idades inferiores à da pretendente.

Em sua inocência de criança, a menina perguntou à coordenadora: – E a Elizabeth, não tava mocinha quando coroou?

– Tava sim, meu bem, respondeu-lhe uma voz mais doce que melado de rapadura, – mas isto só foi possível porque cumpria promessa feita pela mãe dela. Ao que eu saiba, meu bem, graças a Deus, sua mãe não precisou fazer promessa para você. Não é mesmo? Você é uma menina de sorte. Tem saúde e é bonita. Deus já lhe deu essa maravilha de voz. Não é mesmo? Agora, meu bem, é agradecer o dom maravilhoso, cantando atrás do altar. Não é mesmo?

Ainda meio aturdida pelo *não é mesmo?*, ao qual começou respondendo, depois apenas balançando a cabeça, a menina não destinada a obedecer sem compreender se lembrou da Geralda, da Fernanda, da Fátima... Seria tudo promessa? Mas se lembrou também do seu irmão que desistira de ser seminarista. Ninguém o recebia. Ficava lá sentado num banco de madeira horas e horas, olhando para um corredor imenso e o Padre Joaquim não aparecia para a entrevista marcada.

Só para espicaçar o ânimo de tão feliz inocência, diziam que era porque o irmão dela tinha lá alguma coisa que não condizia com o ofício. E que amostragens tem limites. Mesmo sem entender nada da fala velada, retrucava a menina: – Fosse assim, o Padre Ponciano não tava lá!

Em suas cismas, às vezes se perguntava, sem encontrar respostas:

– Por que o Padre Ponciano não foi falar com o meu irmão?...

# PÉRSIA

*"a dor não diz o nome*

*atravessa distâncias*
*e sabe esquecer-se*

*e sabe lembrar*
*o centro do labirinto"*
(Fernando Fábio Fiorese Furtado)

Março. Inicia-se o ano letivo. Antes, mãe tem que ir à escola para receber os panos do uniforme. Para calça curta, um corte de fazenda azul-marinho. Para camisa, branco. Na volta, sobe a Rua Belo Horizonte, satisfeita. Passa pela Igreja do Senhor Bom Jesus. Parece agradecida. Agradece, sem diminuir a marcha. Não fosse pelo cabelo crespo e preto, apanhado por uma rede, que contrastam com a pele pálida, aquela figura miúda, tímida e ressabiada, poucas posses de carne, rosto em ângulos arredondados e olhos amiudados, carecendo repuxo, seria facilmente identificada com a sua tribo tapuia, de onde descendia diretamente sua bisavó. Segundo afirmação própria, "pega a laço". Faltava-lhe intimidade com manifestações religiosas exteriores. Por isso, não lhe ocorreu entrar no Santuário, mesmo porque se avizinhava o horário de almoço e tudo estava ainda por ser feito. Acredita, trabalha e traz em ofertório a igreja dentro de si. Isto lhe basta. Aparenta-se feliz com a crescente família e a vida ao redor de sua casa, seus fogões a lenha, a horta e as visitas ligeiras.

Pelo menos por algum tempo, coisa de dois ou três mês, máximo quatro, os menino vai ter uniforme. Depois se arranja.

Uns vai trocando com os outros. São quatro, em dois turno: Não sei como o danado desses menino estraga tanta roupa. Parece que vive rastano a bunda no chão. Ainda bem que tem a padaria do seu Tota e a do seu Tunico, pai do Zezim. Saco de farinha de trigo. Meto a água sanitária em riba pra alvejar. Pra azular, boto pra cunzinhar no tintol, numa lata grande de banha de coco, num fogão de quatro tijolos, improvisado no fundo do quintal. É assim que me arranjo quando acaba o uniforme que a escola dá. A Diretora entrega os pano e faz o mesmo sermão dos anos passado: "só pode ser usado para vir para a escola, chegando em casa tem que tirar". Junto, vem uma tirinha de pano escrita "Grupo Escolar Carlos Versiani". "É para ser costurada no bolso da camisa, do lado esquerdo". Dona Maricas faz questão. É... deve de tá certa. Mas as muda de roupa é pouca.

Mãe sabe a arte da costura. Antes de se casar, ela trabalhou para um senhor de nome seu Amaral. Havia outras costureiras, dentre elas, sua irmã mais nova, Francisca. Tinham lá a costura fina e a de carregação. Esta, despreocupada de acabamento.

Corta no prumo todos aqueles panos. Mete na máquina "Anker" que pai lhe deu e senta o pé no pedal. Antes, não era assim, não. Ela não sabia fazer o molde e cortar o pano. Seu Amaral entregava no ponto só de costurar. Aprendeu no avexo. Pai trouxe um corte de fazenda e, sem perguntar se sabia, pediu-lhe para lhe fazer uma calça. Não teve a coragem de dizer que não entendia de corte. Envergonhada e sem saída, o jeito foi desmanchar uma calça velha e copiá-la. Depois dessa, ela *desarnou*. Costura para toda a família.

De repente, o uniforme ganha corpo e fica prontinho da silva. Roupa nova é festa. Não fosse pra divertir, não iria à escola. Pra que serve passar de ano? Pai não careceu disso. É homem bom, honesto, trabalhador e sem vícios. Desconfio que escola não é para fazer homens bons. Aliás, nem nunca o pai dele mandou ele pra lá. A vida inteira passeou com ele, na tropa. Andando pra qui e pra colá, no leva-e-traz de animais de transporte e venda. Conta a Titia Júlia, também escondida da escola. Dizia ela que, para o pai deles, a leitura pras mulheres não tinha nenhuma serventia, senão pra elas ficar escrevendo e lendo cartas de namorado. Era tudo assanhamentos. Tinha precisão de escola, não. E o engraçado, quer dizer, engraçado é mesmo modo de falar, ele, o pai, senta o cacete, se a gente não vai alisar os banco da escola.

Quando foi para eu ser expulso, pois parecia que eu não tinha qualidade de aprendiz de letras e números, tanto que não passava de ano e brincava, a mãe foi lá e chorou. Pediu pelo amor de Deus e autorizou a professora a bater em mim, como se já não o fizesse. Depois, ela pareceu ter ficado com vergonha do que fez. Compreendi desde logo e nunca fui ao assunto. Pois era sabido que só ela e o pai tinham esse direito sobre nós. Mesmo assim, se a Titia Júlia não estivesse por perto: irmã mais velha, desautorizava. Nessas horas, o pai não fazia a mesma cara boa de quando comia feijão cozido com rapadura. Mas obedecia e a gente se sentia largo, enquanto durasse a visita.

Não sabe escrever nem ler, mas não lhe emperram essas facilidades. É grande, forte e tem muito boa cabeça. Até pra fazer contas da aritmética. Coisas de muitas dificuldades. Por exemplo, quantias de dúzias, quantias de centos. Nisso ele não se aperta. Apanhando laranjas de quatro em quatro, num relâmpago ele conta um cento. Também, à mãe, não lhe desvaleu a escola. Já botou muita gente no mundo. Um por ano, no começo. Pontualmente. Depois foi panhando prática e deu pra modo de espaçar, aumentando o prazo de amamentação. Pelo jeito, pra trabalho de homem e pras coisas de casa e de criação de filhos, tem precisão de leitura, não. Mas vive atazanando a gente para ir pra lá. E a gente fica aí, nesse estrupício tolo. "Lili, Lalau e o Lobo". Lobo, merda nenhuma. Que lobo? Eu lá sei o que é lobo? Pra que que serve cê ficar lendo "Lé-ó-Lô-bé-ô-Bô". Coisa mais besta, sô. Pura perda de tempo se tem lagoa de Dona Alice pra nadar; passarim pra caçar. O cavalo, só o Luiz de Amélia, o mais atirado de todos, tem coragem e jeito pra pegar, na manga do Caubói, que divisa com a de Dona Alice. Chega falando de mansinho umas bobagens, olhando firme na cara da futura montaria, esconde a corda às costas, quando chega perto, joga-a no pescoço do animal...

Zé Catedral é mestre na pontaria. Não fica um sanhaço mirado. Atiradeira na mão, debaixo das árvores... As rolinhas, assamos com sal. Dá dó, mas comemos. Morreu mesmo. A tanajura, com aquele bundão... Na trempe quente do fogão, com uma nesga de sal... haja!

Pra que se preocupar com horário de se arrumar para a escola se tem manga pra roubar no seu Zé Bento? Entrar pelos fundos. Escapar da vigilância do Abdias ou do Péricles. Dr. Aderbal é visita. Não liga... Contra essas *dilícias*, vem o nojo da escola. E cipó de fedegoso pra esquentar o rabo da gente. Trem mais ruim, sô. "Lé-ó-Lô-Bé-ô-Bô"... bosta!

Parece até que a mãe virou vidente, ou mancomunou-se com algum pajé. Pois é só matar aula e ir para a lagoa de Dona Alice que ela descobre e desce o porrete. Demorei a perceber. Pés e canelas acinzentados de barro argiloso. Passei a lavar com água de torneira, antes de entrar em casa. Acabou-se a vidência e as canelas *fovêras*.

Aguinaldo, meu primo pelas partes da mãe, é meu companheiro de matação de aula e de outras peripécias: como olhar um para o outro dentro da igreja e rirmos até chorar; fazer caretas nas janelas para desconcentrar a reza do terço, nos dias de fogueira. Ele sai nos de conforme da casa dele. Vem do Bairro Ananias. Chega, tira meias e sapatos e fica igual a mim. A Tia Chica não pode nem imaginar nossas estripulias. Para ela e o ferroviário marido Manoel, carinhosamente, somos os *negros de Joaquim*. Pelo jeito de falar, devemos ter pouca serventia. O nosso vizinho, que tem filho estudando na Capital, não deve ser da mesma opinião. Ostenta na porta de sua picape amarela, letras azuis em semicírculo, os dizeres "Genoíno de Quadros" e, na base deste, "Fazendeiro". Ele bate sempre no mesmo bordão: "Joaquim, por que você não leva esses negros para trabalhar na fazenda, eles não têm o que fazer na cidade?" Pai sorri e não compete com resposta. No íntimo, confia no seu esforço e na força do *salário família* do Presidente Vargas, falado nas reuniões da União Operária, para onde nos leva aos domingos e deixa-nos brincando com outros meninos no grande pátio da casa-sede.

Mas não fosse para se divertir, não iria lá, de jeito maneira. Aprendi a desenhar a cachorrinha Suzete, sem colar. É bonito. Eu me sinto importante. Basta um pedaço de pão com manteiga e Suzete vai. A turma faz fila e eu como coisas raras. Até as temíveis maçãs. Deus inventa cada moda.

À medida que aprendo, acho que algo muda em mim. É como ir descobrindo um segredo por parte. Sinto que o mundo é mais do que pode ver a minha imaginação. Não sou analfabeto que nem o pai e a mãe. Nem por isso sei mais que eles. Aprendi a ler de uma vez. Ler de uma vez é modo de dizer, mas foi de uma vez, mesmo. As letras se juntaram de repente, depois de anos de esforços. Indo para a fazenda do compadre Levi Pimenta, abri uma cancela pela milésima vez. E assim, de repente, aquelas garatujas que estavam pintadas nela se juntaram e gritaram "Casas Pernambucanas". Alguma coisa que faltava para unir as letras e desnudar as palavras, fecundando as demais que dormitavam, prisioneiras do sono da ignorância, despertou-se naquele momento. Pai bota a gente para abrir os colchetes e cancelas e fica na boléia. Bem feito!

Antes da primeira aula, as turmas se organizam no pátio. O Hino deve ser cantado em posição de soldado e todos temos que rezar a mesma reza. Aprendo coisas que se devem somar e outras sem nenhuma serventia. E vem tudo acompanhado de réguas e beliscões torcidos, para agilizar o aprendizado. Não choro porque, se chorar, o castigo atingiu seu objetivo. Dói muito. Bem no coração. Principalmente porque percebo preferência e excesso no desnecessário corretivo. Mãe jamais saberá que chorou em vão. Temos que saber tudo para passar de ano. Se o pai visse, ele me daria razão e a mãe não teria ficado daquele jeito.

Pai adestra os animais que lhe servem na carroça com energia bruta, quase incontida. Precisa deles urgente para o trabalho. Todos ficamos aflitos com aquele quase-espetáculo. Solitário, choro. Não compreendo a exposição a cascos esvoaçantes de animais e o sangue escorrendo do focinho arrebentado pelo cabo da pirata, acompanhados de calmaria de carnes trêmulas, pavor e ódio. Aqueles seres, porque ditos diferentes da minha classe zoológica, eram utilizados para puxar cargas incomuns e permanecerem dóceis. Aos mais curiosos deles era-lhes colocado o *entrol*, artefato de couro que lhes vedava o acesso à visão lateral e a concentrava apenas num caminho: ditado pelas rédeas e a pirata do carroceiro. Nesses momentos acorrem-me à mente as figuras de Simeão e Eujácio, um em cada varal da carroça, qual trilhos ou lágrimas a se tocarem no Infinito. Então, aprendo mais.

Agora deu de aparecer umas merendas boas pra danar. Vem tudo nuns pacotes desenhados. Duas mãos agarradas. "Aliança Para o Progresso". Será o que é isso? Aliança pro progresso... Hora que abre a caixa, não tem aliança nenhuma lá dentro... Sei que melhorou o mingau de fubá. Pérsia mete lá nele uns pedaços de queijo. Trem bom mesmo. De gosto forte, mas bom. Amarelão. É do estrangeiro. Dizem. Precisa de se reparar, não. É bom e chega. A fome não faz escolha. Políticos, sim. Não é pra todo mundo, não. A merenda é vendida. Só os da *Caixa* têm direito. Eu sou. Começo ganhando uma muda de uniforme para o ano. E, durante todo aquele ano, menos nas férias, posso ganhar merenda. A servente do ano retrasado, entra e fala: – Quem é da *Caixa*, levanta a mão. Antes, tinha de ficar de pé. Agora já tá melhor. Só levantar a mão. Não há meio dela decorar. Tem uns treis ou quatro, comigo. Não sei se não gosta do serviço que faz. Ano todo, todo dia, na hora de servir: – Aqui são quantos da *Caixa*? Esses daqui são pra eles. Ficam separados sobre a mesa da professora. Copão de alumínio zincado. Quente pra capeta. Tenho direito a mais um, na hora do recreio, pela porta dos fundos da cantina, nos escondidos.

Pérsia é uma criatura boa. Muito simpática. Só não sabe que a gente sente um frio esquisito na barriga quando tem que se levantar no meio da sala e dizer que é da *Caixa*. O mesmo acontece naquela longa travessia, até à mesa da professora. Seu filho também é da *Caixa*. Será que ela nunca teve tempo de perguntar pra ele se ele gosta do que ela faz?

# SURDEZ

*"havia mais alguém em minha casa que passava*
*com sua melancolia silenciosa pelo quarto,*
*cobrindo descobertos,*
*roçando sua mão sobre cabelos,*
*tossindo sob os cobertores:*
*meu pai passou pela minha vida como um tiro!*
*poderoso e ausente, cheio de silêncios ao pé do rádio,*
*vagos olhares desde o alpendre,*
*triste voz e violão como um lobo de madrugada*
*chamando amores e corações quebrados."*
(Hugo de Lara)

Dos amigos de época, restava apenas Simeão. Exibia no ar de tranqüilidade e semblante sereno um aparente atestado de não ter sido cobrado pela vida boêmia. Nele, o tempo não havia deixado marcas mais visíveis de sua passagem. Apenas alguns quilos lhe sobrevieram, por paga de ter-se acomodado mais cedo. Pois o sereno, segundo ele, «é remédio para homem de minha têmpera». Talvez, pelo acomodamento, tenha recebido o bilhete de subida, também antecipado.

Grande aplicador de injeções. Substituído com igual competência pelo Seu Bernardo, pai do Capa, tanto no que tange ao ofício de "furar sem sentir dor" – mentira que só valia uma vez –, quanto no respeitante aos efeitos deste, na memória de nossas nádegas.

Voz macia e cavernosa, desacompanhada de pressa, olhos empapuçados por sobre uma considerável pança, parecia deliberado no apuro da esterilização do seu aparelho de trabalho.

Chega bufando que nem trem-de-ferro. Não arrazoa bem com a pressão, pouco favorecida pelo calor que avexa, naturalmente. O coração dá mostras da dificuldade que tem para atender a quase um metro e oitenta, por mais de cem quilos de massa. Tira o estojo de lata zincada de dentro de uma pasta de couro, pede água e álcool. Toca fogo numa trempe que sustém um cochinho, onde fervem as agulhas e a seringa. É preciso fechar a janela da sala e cerrar a porta, para evitar o vento. Olha o fogo amarelo-azul-esverdeado lambendo com desespero a latinha. Parece admirar espetáculo novo. Dá ao ambiente um ar qualquer de mistério e, ao Simeão, mais aporte à silhueta de cor azeitonada e cabelos enevoados. Esfrega álcool nas grandes mãos gordas, alisa a ampola e mete-lhe a serrilha na garganta. Passa o líquido para um vidrinho com algo em pó e fica sacudindo-o, enquanto vai sabendo das notícias e falando sobre o movimento na cidade. Atendimento domiciliar, executado com vagar, como se fosse o único do dia. A gente fica de parte espiando, maravilhado e ressabiado. Mesmo sabendo não ser a nossa vez.

O terror das bundas da meninada. Nome santo para acabar com qualquer calundu, pirraça ou birra. Nem cipó de fedegoso desmerecia tal patente. "Pode entrar, seu Simeão". Ou "pode entrar, seu Bernardo." Posologias diversas, efeitos símiles.

Numa dessas "visitas", ele saiu com uma história de que a gagueira era doença de imitação e que se alguém a pegasse ficaria o resto da vida gago. E, quando envelhecesse, daria para babar e cuspir na cara das pessoas na hora de falar. Falava pausado, com aquele vozeirão que Deus lhe deu, olhos semicerrados, dedos entrecruzados sobre a pança, com leve balanço das bochechas proeminentes. Convenceria uma pedra.

De onde tirou esta cartada o Simeão? Novidade não era, pois a casa é pródiga em contadores de casos. Principalmente de assombração. Quando seu João Cruz passa por aqui, ninguém se levanta pra mijar. Se não se agüentar, vira-se para o canto da parede... Se desse, nesses momentos, dormiríamos empilhados.

Dona Ana, mulher de seu Aprígio, ferroviário aposentado, é mãe de José, datiloscopista, que considera a minha sua segunda mãe. Em razão dessa simpatia, estreitaram-se os laços familiares por parte de Dona Ana, porque o tal de Aprígio, em casa, nunca vi mais gordo. Acontece que a infeliz senhora é portadora do mal da gagueira. Com isto, todos nós estamos ficando gagos. Quando ela chega para visitar a mãe, não podendo ficar na sala dando atenção à visita, corremos e entramos no nosso quarto. Casa *grupiada* sem laje e sem forro não guarda segredos. Dali, repetimos tudo o que ela consegue falar na sala, com a boca abafada. Despedida a visita, entramos em cena. Este gracejo *táa táa tá nu us tran ansfor tran ansfor mam mando* em *ga a ga a a gu us*. O alerta do Simeão veio na hora certa. Ninguém queria ficar *ga a agu u* de verdade. Muito menos virar velho baabão e cucuuspidor.

Salvaram-se quase todos os aspirantes a gagos. Restaram apenas dois. Quando aprecatados nas urgências, estufam a veia do pescoço, arrregalam ou fecham os olhos e, ao modo de Dona Ana de seu Aprígio, falam explicadinho. Estes pobres sofreram todos os experimentos de simpatias indicados como solução, pois o incômodo era refratário aos aconselhamentos médicos, que não tínhamos. Por pouco não trocaram os trejeitos por deficiências cardíacas, tantos os sustos e sufocamentos. Pois a terapia, segundo as modernas técnicas, deveria ser aplicada no ato de emperramento da fala na porta da garganta. Nada convencional. Nesta conjuntura de grave indecisão, o paciente retesa os músculos do pescoço, revira os olhos na vã tentativa de recolher as sílabas que insistem em ser servidas a conta-gotas, independentes da bravura do ato. Neste exato momento, o susto reataria o que estivesse apartado. Mal comparando, funcionaria como o motor de arranque do veículo. Era tiro e queda. Não valeu. Quando a receita variou para susto líquido, depois de várias tentativas infrutíferas com copos d'água e vasilhames de pequeno porte, fiquei na tocaia, mandei chamar e entreter o paciente. Quando ele agonizava, sapequei-lhe um balde cheio d´água na cara. O bólido escapuliu-me: foi tiro e queda.

Dois grandes amigos. Um lembrava ao outro os bons tempos de gordas farras, cada qual agarrado ao seu instrumento, tocando modinhas, em raras tardes de fins de semanas. Pai ia do violão ao cavaquinho. O banjo durou pouco: tio Aristides precisou. Não entendíamos como dedos tão grossos saltitavam com intimidade em trastes tão rarefeitos. Simeão, apenas violão, farto em ponteados. Um tocava, o outro acompanhava. As cantigas não eram raras. O pai fazia gosto. Alcançava agudo aveludado que lhe valeu carreira no cabaré local, até antes de se casar.

Fizesse noite, era difícil a tocata e cantoria não terminarem em casos. Casos que a meninada acompanhava atenta. Olhos arregalados. Cada vez mais se espremendo no banco de madeira. De certa feita, a carga foi toda para uma ponta do banco, que empinou e nos jogou. "Foi um coice da mula-sem-cabeça", alguém se lembrou logo de atribuir o fato.

O suspense girava aquelas noites alumiadas pela candeia de querosene, pela lua cheia ou uma fogueira no terreiro. Havia sempre um caso novo contado, junto com os mais antigos. Mesmo sabendo a dificuldade que seria se levantar da cama para mijar "no escuro", ninguém redava pé. A curiosidade superava a falta de coragem e atravessava a memória dos tempos.

De tanto ouvir casos, a nossa casa achou-se no direito de também contar os seus. "Tudo tem alma. A gente pode não ver, como não vemos a nossa, mas lhes digo que até cavalo tem alma". Ia pespontando Simeão, enquanto duravam seus preparativos. Daí pra frente é que a coisa não andou bem. Com a autonomia que lhe fora conferida, não era difícil dar razão ao ditado "parede tem ouvidos e mato tem olhos". As energias que já não ocupavam o nosso mundo físico aproveitavam a brecha deixada pelo Simeão em nossas cabeças, para darem razão às suas afirmativas. Madrugada. A lenha é rachada a machado no quintal e trazida para o fogão. A porta da cozinha mantém o seu impertinente rangido. Fogo é aceso com uns assopros medonhos, compridos e arredondados. Deve ser o pai. Tem uns modos de se levantar sem aguardar o chamado do sol. Era não. Mas arrastava chinelas e parecia entrar no quarto dele. Ele não tinha chinelas. Nas camas, o amontoado virava um. Se não era alguém de casa, então quem era? Ninguém se atrevia a fazer essa pergunta no explicitado, até quando minha tia-avó teve a lamparina que carregava apagada por um desses assopros, enquanto passava pela cozinha, vindo da privada. No desaviso da memória, arrematou desensofrida: "quem pagou essa lamparina?" Do oco da escuridão, para o oco de suas oiças, uma voz lhe respondeu: "fui eu". Ouviu-se, em seguida, apenas um "ai, Jesus" e dois baques.

"Desse dia em diante, esse menino, afirmava ela, olhe, esse ouvido aqui ficou surdinho pro resto da vida".

# O FILHO DO PADEIRO

*"...as senhoras católicas são piedosas*
*os comunistas são piedosos*
*os comerciantes são piedosos*
*eu não sou piedoso*
*se eu fosse piedoso meu sexo seria dócil*
*e só se ergueria sábados à noite*
*eu seria um bom filho*
*meus colegas me chamariam cu-de-ferro*
*e me fariam perguntas por que o navio bóia?*
*por que prego afunda?..."*
(Roberto Piva)

Ele tinha nome de José. Para não se afastar do sobrenome de santa semelhança, rimava com o ofício de padeiro. Gordo, avermelhado, sem grande alcance na altura, simpático. Tinha uma malquerência qualquer numa perna. Mancava.

A mulher, também apreciada pelos quilos, rosto redondo risonho, igualmente simpática, bem que poderia se chamar Maria.

Simpaticamente, José e sua esposa faziam e vendiam o seu pão nosso de cada dia. Instalados na crista oposta à da Padaria Flor do Sertão, Rua Rui Barbosa, frente à casa do Nazareno. Mera coincidência, se é que a dita existe. Digo isto porque, de Nazareno, o prezado não tinha nada. Agora, de mentiroso... Traíra que o diga.

Viviam ali sossegados, entre fornos e broas, pães e loas. Em meio a tão saborosas gulodices, tiveram um filho. Linda criatura. Mal comparando, porque não se deve comparar gente com comida, parecia uma broa de milho, no ponto.

Rechonchudinho. Lourinho. Cacheadinho. Bonitinho. Bilu, bilu. Uma tetéia. Coisa de botar o Mário fotógrafo desorientado para fazer um registro.

Lá ia o rebento vencendo anos, soprando velinhas e cada vez mais lindo. No próximo inverno, sopraria sua quarta. Todos radiantes com a beleza da criança. Não faltou quem a comparasse com a do Menino Deus. Apropriada ou não, nada foi mais oportuno. Entrava maio. José tinha lá conquistado algumas amizades. Embora não fosse da terra, fez logo entrosamento. Por sua natural bondade, comparecia com prendas da padaria às barraquinhas e leilões. Leitões e perus conheceram a inclemência do seu forno. Eram os assados mais cobiçados dos arrematantes. O apregoador fazia questão de temperar sua fala nessa ressalva.

A criançada ensaiando para a coroação. Meio sem jeito, o assunto foi levado até à senhora organizadora da meninada. Sem ter entendido bem a direção da proposta, achou-a um despropósito. Aquilo não era uma blasfêmia? Onde já se viu, meu Deus do Céu, colocar menino pra coroar Nossa Senhora? Não é mesmo? Isso é coisa pra meninas, que ficam muito bem de anjo! É a coisa certa e a-pro-pri-a-da. Quem ousou comparar o fruto do pecado original à perfeição que vem do Pai? Por isso que o mundo tá ficando desse jeito. Não é mesmo? Foi necessário o vigário encaminhar melhor o assunto, salpicando uma meia dúzia de amenidades que o seu *portunhol* lhe permitia, de modo a clarear um pouco mais o interesse pessoal pelo caso. Quando percebeu que dirigia sua fala em plena contramão clerical, a inflamada oradora apressou-se nas reconsiderações.

Menino Jesus, na festa de sua Mãe... Esses ensaios têm me deixado tão distraída, meu Deus do céu. Não..., que coisa, né? Realmente, faltou-me um pouco mais de percepção. Não é mesmo? Vejam bem: o Filho na festa da Mãe. Não era de todo mal. Não é mesmo? Aliás, para não pairar o mínimo sinal de dúvida, fica bem. Muito bem mesmo. Não é mesmo?

Assim foi que o filho de José Padeiro e talvez Maria, vizinhos do Nazareno, alterando a rotina das coroações até então havidas na Igrejinha, subiu ao altar para coroar a Santa Mãe. E fez.

Cânticos pra lá, flores pra cá, asas de anjos roçando os ares e o candidato a Jesus, sério. Fazendo jus às expectativas, pela extrema delicadeza do seu traço, à semelhança das reproduções renascentistas e das estátuas que pretenderam imortalizar o idealizado. Terminada a festa, um cheiro estranho no ar. Procuram daqui, procuram dali e nada. Quando levantam o figurante Jesus, ele havia cagado em plena função.

Eu disse que não daria certo. Não disse? Queixou-se desalentada a organizadora.

Vamos estudar o alto significado do acontecimento, acudiu ligeiro o padre, pondo uma pá de cal sobre o assunto.

– Eujácio, contando essas coisas desrespeitosas assim, você não tem medo de ir pro inferno, não? Perguntou cabreiro o Messias.

– Tenho não, porque sei que não vou sozinho. Quem me escuta, também vai. E emendou: – Larga de ser besta, sô! Vocês levam tudo muito a sério. Não consigo levar a sério alguém que disse que a gente não era gente, que a gente não tinha alma, para que outros nos escravizassem. Passaram atestado de que éramos animais. E fomos usados, vendidos, trocados e inventariados como tais. E, ainda por cima, para confirmar dando exemplo, usou-nos também como escravos.

– Agora sim, tamos lascados de vez!

Pra não restar dúvidas, no sábado seguinte tinha gente querendo se confessar para comungar no domingo, mesmo sem ter idade para a primeira comunhão.

# LOBISOMEM

*"Subterrânea.*
*Inumerável.*

*A alma não descansa*
*sua carne de sonho*
*no calendário de batalhas"...*
(Yeda Prates Bernis)

– Dizem que ele vira lobisomem!

– Vira merda nenhuma. Conversa fiada. Com o medo que tem, cadê coragem pra virar no trem, sô?

– Vira mesmo. É coisa de descontrole. Eu até acho que ele vira quando quer. Tem até preferência de mês. Dizem que é na lua cheia de junho.

– Cê pára com essa conversa atravessada. De repente alguém escuta e...

– Ele é macumbêro, sô.

– E daí? Que bobagem é essa? Que que tem a Bahia com a barguia?

– Sei não, sô... Será que mexer com essas coisas não ajuda nem um tiquim?

– Ajudar em quê? Ajuda merda nenhuma. Fosse assim, pai ou Simeão já tinham contado algum caso das farofadas lá do Zé Fernandes.

– Cê só sabe falar "merda nenhuma". Eu não. Tô de olho nele. Parece até que tá ficando meio estranho. Tá muito preso em casa. Não sai nem pra tomar cachaça. Ressabiado. Bebe lá mesmo. Não corta cabelo, faz um tempão. Se tivesse barba que prestasse tava tropicando nela.

– O homem tá lá preocupado com seu trabalho e você de cá, inventando moda.

– Né não, sô. Cê lembra do ano passado, nas fogueiras de Santo Antônio. Eu não esqueci até hoje. Lá pras bandas da manga de Dona Alice, desgraçou uma barulheira de cachorros que foi um desassossego só. Era umas meia-noite, ou coisa de assim sendo. Cada uivo que vinha de lá. Só de alembrar me rupia todo. Vinha que lá vinha subindo. Aí foi aquela latumia. A cachorrada acuando ali pelos fundos do campo do Ateneu. Matagal miserável. Parecia animal... dos grandes. A família dele inquieta. Os parentes chegavam, entravam porta a dentro e desciam pro mato. Na certa pra ver se prestava um dijutório ao coitado. Todo mundo largou as fogueiras e se fechou em casa. Escutava e rezava, pra modo afastar o trem ruim que tomou conta dele e *disgramou* com ele mato a dentro. A mulher morria de chorar. Não sei nem como que conseguia de rezar diante das velas, de tanto que era choro. Dizem que era ele, transformado, atacando os bichos e estranhando parentes. E era um sofrimento ver o moço assim, enraivecido de doido. Quando veio pra rua, coisa de uma semana depois, tava todo arranhado e pálido que nem cera. Logo, pegou sua viola, seu cocá de fitas coloridas e foi tocar na fulia. Diz que ali paga promessa pra modo se disgarrar do trem.

– Pra inventar mentira, nem precisa mudar a camisa, hem! Você entende patavina do assunto. O homem tem sangue indígena. Ele busca no santo o mesmo que os seus antigos buscavam em suas festas religiosas. Ele já disse porque toca na marujada. Para ele é como uma celebração. Os parceiros cantando e dançando de um modo que se enovelam, enlinham e se desenlinham sem deixar pontas, como o entrar e sair na vida. Por que para um é ritual de celebração e para o outro deixa de ser, como se não se devesse respeito a ambos?

– Eu lá sou homem de contar mentira? O que eu falo, provo. Não vou arredar pé enquanto... moço, olha só a lua como é que tá. Eta, trem! Alumia até a alma. Foi numa dessa...

– Numa dessas merda nenhuma. Você é que está no mundo da lua. Já lhe disse: é melhor parar com essas bobagens; com isso não se brinca, não. Falar nisso, que horas que é, hem?

– Sei não. Pelas onze... pode ser. Já faz um bom pedaço que a "Força e Luz" desligou a luz das ruas. Quem sabe...

– "Quem sabe" merda nenhuma. Tô eu aqui morrendo de sono e você aí com essa cantilena dos capetas.

– Vai não, moço! Vamos esperar um pouco. Quem sabe... Ei, volta aqui, sô!

– Bocoió! Té manhã.

# FOI MESMO ALEGRIA DE FESTA

*Para Niyi Afolabi*

*(que tinha lágrimas*
*nos olhos diante do sorriso*
*das crianças moçambicanas sem pais)*

Foi mesmo alegria de festa. De arreganhar a boca e botar fora aquelas brancuras de dentes rentes e fortes, tornando mais bonito ainda o contraste com a pele. Pura pureza de agradecimento. Um porco chegava na família do meu parente. Quer dizer, ainda não era tão porco assim. Miserável. Pequeno, mal nutrido, roncando fraqueza e carecendo compaixão, era apenas um leitãozinho.

Mas o parente ganhou o tal porco e estava animado. Fez cercado para ele no fundo do quintal, à sombra dum pé de manga, ao lado da privada de fossa seca. Veio a tempo e hora, dizia, enquanto metia o enxadão e aprumava as lascas de aroeira. Precisava de um pouco mais de dinheiro para as despesas de casamento. Tava construindo. Trabalhava que nem leão. Toda tarde, já de noitinha, voltava para casa que era uma mistura de graxa, terra e óleo. Esmoído o corpo de tanto trabalho.

Só se casaria depois de feita a casa, ao lado da casa da mãe. Era promessa assentada e mexia nos brios não cumpri-la. No lugar demarcado caíam pedras, areia e tijolos que o Primo ia comprando, aos poucos.

Não achei graça nenhuma na espécie. Olhei aquela praga *esmirrada*, feia... Deu pressentimento. Meu dedão ficou incomodado. Bicho que dá bicho-de-pé... sei, não. O primo ganhou, então, tá bem feito.

Precisa de comida. Tem de engordar depressa para se transformar em material de construção. Lavagem é mais barato. Faz parte das economias. Primo veio e fez proposta. Coisa fácil de se fazer. Mais, de se aceitar. Uma vez por dia. À tardinha, aí pelas cinco, seis horas. Sol descambando, sem força de queimar. Não é muito peso. Sobra de comida da casa do patrão.

Falou assim tão natural das sobras, como se na vida da gente houvesse. Desatendeu ao meu espanto e desandou na formulação de seu projeto.

Era eu descer, ir até à casa dos Toffani, na Rua Dr. Santos, centro da cidade, pegar os restos de comida e levar até o Roxo Verde. Quase uma reta só. Nem era preciso servir pro bichim. Bastante deixar por perto do cercado. A lata não era grande. Pesa muito, não. Sobras do dia. Reforçou.

Expostas as condições, passei ao exame da proposta de pagamento pelos serviços prestados que, bem considerada, topei. Pois o ofício de carregador de cestas no mercadão tava se revelando de pouca serventia. Uma trabalheira enorme, um cansaço desgraçado para tão pequena paga. Compensava mais surrupiar a banana ou a laranja e dar no pé. Pequeno alvoroço, arrefecido logo. Coisas de menino malcriado.

A gente tinha que andar a feira inteira que nem rabo de cadela; aonde a madame entrava, lá ia a gente atrás, arrastando a cesta, gemendo sob o peso. Os trocadinhos que caíam, mal davam prum nadinha. Era preciso mais de um carreto para alugar meia hora de bicicleta, no Abdias. Não se podia pensar no picolé da Zildir e nos pés-de-moleque do Derneval Caldeira. Uma coisa ou outra. Ou quase.

Além do mais, minha casa ficava no meio dos extremos. Acima a casa de Titia, abaixo, a dos Toffani. Era descer Pedro II, passar pela Catedral, admirar as enormes jacas amarelas da casa do Tuzinho, atravessar a São Francisco, virar à esquerda na Dr. Santos e subir alguns metros. Prédio imponente, arquitetura com linhas européias. Construção recuada, com um jardim bem cuidado à frente. Rosas vermelhas e amarelas. Seria bom entrar ali, passar pelo portão de grades altas e decoradas, espreitar o jardim, adiantar e passar pelo segundo portão, ao lado da casa, e ir ter ao seu quintal. Àquela hora o cimento liso já não queimaria os pés.

Assim foi que ajustei meu juízo. Considerei bem. Uma coisa não influía na outra. Feira era só pela manhã. Final de semana. Aula, pela manhã, até sexta. Podia me ocupar. Falando bem a verdade, opinião contrária minha não valeria merda nenhuma. Era só o Primo falar com o pai. Com ele não valia rompantes. Se era para ir, melhor ir supondo decisão própria. Ademais, entrar numa casa de gente rica tinha lá seu fascínio. Mesmo que só para imaginar mais de perto o que se esconde lá dentro.

Semana vencida, valia uma entrada na matinê do Cine Coronel Ribeiro. Ver o seriado dos "Perigos de Ninhoca" ou do "Zorro" ("aiô, Silver"). Tarzan era o Rei das Selvas. O Primo sabia agradar. Ele iria com a noiva. O encontro seria na porta do cinema.

Primeira semana não deu para entrar. Cheguei até a praça e resolvi voltar. Subi pela Rua Dr. Santos. Sem perceber, copiei o mesmo itinerário da semana. Na altura do Grande Hotel São José, a idéia de retornar já era decisão concluída e pacificada. Reparei que não tinha sapatos. Nem um pra enganar. Todo mundo nas domingueiras. Uma merda.

Lembrei-me de outro meu parente que me disse como economizava sapatos. Usava um por vez. No pé descalço, enrolava no dedão uma tira de pano. Tava machucado. Dava pra calçar, não. Lembranças, apenas lembranças, que afluíam à cabeça, mas não agasalhavam os pés. Se me fora difícil a decisão da contramarcha, fácil não fora o seu cumprimento. Ao fim, inopinadamente, para voltar, tomei caminho diverso e entrei pelos fundos da casa. Não seria bom que me vissem retornando, logo depois de ter saído.

Dona Finoca, para quem carrego marmita, acabou por me arranjar um par. Bonitos. Meio avermelhados. Muito macios. De amarrar. Deixei-os a um canto. Ia trabalhar mais uma semana. Era preciso, para entrar no cinema.

Quando a lata pesa, estou na altura da Catedral, oficina do Chico Toffani, esquina de Avenida Francisco Sá. Primeira e única parada. Gente de oficina é tudo gente muito simples, bota o gosto deles nas paredes: mulheres peladas pra tudo que é canto e de tudo que é pose. Aí trabalha o Primo. Olho a mulherada, ganho fôlego e coragem para a arrancada final, até a casa da Titia Júlia.

O Primo é bom mecânico. Tudo que é enguiço difícil, ou trem danado de pesado, mandam para ele. Vira, mexe, desmonta, chupa uns canos, assopra, depois de deixar de molho na gasolina. Reúne tudo o que é pecinha, monta e manda dar a partida. Se não pegar, não me chamo Conrado José de Oliveira e Silva. Pegou. Arranca o boné e joga no chão. Boniteza.

Bonito mesmo é ver o Primo trabalhar. Tem garra e muita força, quando precisa. Se no auge do ofício lhe escapa uma martelada no dedo, a gente aprende um monte de nomes pra um acessório só, que ele nunca fala perto do meu pai ou da Titia. Tem em medida exata o senso da preservação dos belos dentes. Se passa uma mulher na porta da oficina, todo mundo dá notícia. Tem sempre um mais afoito, dizendo alguma piada com voz esganiçada.

Às vezes alguém corre a mão na bunda do outro. É pedir pro mundo acabar. Vira um corre-corre danado. Enquanto não houver forra, não se sossega. Pessoal alegre e amigo. O dono fica lá, junto. Quase não se suja de graxa. O filho Ronaldo apanhou gosto pelas artes do pai. Fica por lá também. Penso que se parecem com artistas de cinema. O velho, Antônio Quim. Eles não se importam comigo. Chego e fico sentado ali num canto, só vendo e ouvindo. Sem aborrecê-los. Acho que aprendo, assim.

Depois que eu crescer, quem sabe ponha um macacão azul, que nem o do Primo, cheio de bolsos... Um boné pra botar de bico pra trás, quando tiver arretado. Acho que levo jeito, já gosto de rolar no chão mesmo. Só me falta lambuzar na graxa e óleo, enchendo as unhas e encardindo as mãos. Ao fim da tarde a gasolina limpa tudo e ainda deixa aquela cheirinho que eles dizem que as mulheres gostam.

Meu ofício de apanhador de lavagem caminha. Não vai mal. As sobras são fartas e de boa qualidade para aquele suíno nojento. Tem pão seco, arroz e até pedaço de bife. Coisas muito gostosas.

Final da segunda semana. Ora de receber a paga. Uniforme da escola, no rigor. Camisa branca e calça curta azul-marinho. No bolso esquerdo da camisa está alinhavado o distintivo "Grupo Escolar Carlos Versiani".

Fico esperando na porta do cinema. Todo mundo chegando e entrando. Vou ficando meio sem jeito. Todos olham para mim. Perguntam-me se vou ver o filme *Cantinflas, O Hotel do Barulho*. Claro que sim! Tô só no aguardo da hora. Prefiro apreciar o ar fresco daqui de fora. Daqui a poquim, tô lá dentro. Parecia até que aquele não era lugar onde eu devesse estar. Quer dizer, ninguém perguntou nada, nem eu respondi, mas era mesmo quê.

Foi crescendo em mim um calor no rosto e um peso nas pálpebras que me impediam de encarar as pessoas que entravam. Vez em quando eu passava a mão na testa. Voltava molhada. O pipoqueiro riu. Só podia ser de mim.

Aos poucos ia diminuindo a freqüência na bilheteria. Até que ninguém mais apareceu e a praça virou um mundão só. Perdia-se no comprimento como na largura. Era impossível atravessá-la, ou mesmo alcançar um de seus bancos. Pés de chumbo. Não reunia forças para sair dali. Solucei e chupei uma lágrima que descia pelo nariz.

O porteiro deixou livre a roleta por alguns momentos. Caminhou até a entrada da sala, puxou as cortinas vermelho vinho. De um canto, espiava para dentro, ao tempo que vigiava fora. Ouvem-se as primeiras notas da clarineta no "ducimam". Música francesa, diziam. Era o prefixo do Coronel Ribeiro. Cada cinema tinha o seu. Ia começar a projeção. Os acordes do piano acompanhando a clarineta faziam fundo à propaganda das lojas da cidade. A primeira era a d' "O Camiseiro". Ao passar a última..., *tcham tcham tchaaaam... tcham tchaaaaaram ram...*, entrava o "Canal 100". A voz do locutor enche o cinema. Flamengo, Fluminense e Vasco em disputas de bola. Carlos Castilho faz defesa impossível e salva o Flu. Nunca vi passar jogo do Ateneu, Casimiro, Mói-de-Ferro, Expedito Guarinelo, Milton Ramos, Manoelito, nada... ninguém mostrava nossos heróis.

Agora é a vez de cenas dos filmes "Em Breve Neste Cinema", seguido dos "Em Cartaz no Cine Nova Olinda" e "Ipiranga". Só os que a gente pode ver. Nadinha dos "impróprios para menores de 18 anos". Havia esperança de um vacilo... "Atlântida apresenta... Oscarito e Grande Otelo"... "Produções Amáceo Mazzaropi apresentam"...

Não sei por quanto tempo fiquei ali, parado, assistindo um filme que não via e criando imagens que não existiam. Fui despertado pelo formigamento e o calor que me atacaram os pés, desacostumados àquela prisão repentina e injustificada.

O Primo não tinha vindo. Era real. Doía profundamente. Ainda não havia sofrido desapontamentos desta natureza. É uma raiva diferente. Invés de fazer a gente avançar, esmorece, míngua, rebaixa. Desentendeu-se com a merda da noiva dele. Explicou.

Vergonha e raiva. A vontade era de xingar o Primo, com todos aqueles nomes de acessórios e outros que eu já sabia por conta própria. Mas não era certo, poderia ofender minha Tia. Nomes iam e vinham no meu cérebro desordenadamente. Marimbondo ao redor da caixa. Zumbiam.

Para completar a obra, o sol era uma brasa só. Acusou nos pés. Os miseráveis dos sapatos, premidos por inesperada pressão, cismaram de não agasalhar os dedos rebeldes, surpreendidos pelo descostume. Iam embolados. Sem meia. Latejantes. Desenhavam-se no couro. Pegavam fogo. Comiam os calcanhares. Impediam a marcha de retorno, como se já não bastasse o peso da decepção. Mancava. Arrastava. Suava. Gania baixinho.

Tinha que chegar rápido em casa pra me livrar de tão pesado fardo. Ocorreu-me descalçar aquele inferno e mandá-lo para o seu lugar de origem. Mas todo mundo tinha me visto sair calçado com eles. Meio sem jeito, é verdade, mas me achei muito bem-composto. Posando de importante. Até fiz questão que algumas pessoas me vissem. Com a mesma rapidez com que foi concebida, a idéia morreu. Catava as poucas sombras que encontrava pelo caminho. Andava de um lado a outro da rua. No avexo, topei numa saliência do passeio...

Perdão, Titia. Foi sem querer. Eu juro. Chorei! Agora me doía tudo. Dor grande. Maior que eu. Dor que não envergonha um homem. Porque homem não chora. Não sabia que a dor nos amadurecia de repente, fazendo-nos adultos temporões.

Semana seguinte, também não deu. Para esticar aquelas pestes de sapatos, enchi-os de milho e sentei água por cima. Quando fui pegá-los, o milho colocado brotava e saía pelo solado. Arrebentou tudo.

Não sei bem por que, de repente me bateu esse sentimento: o miserável do porco do Primo tem que morrer antes do previsto. Por que porcos demoram a morrer?

# JOÃO SAPATEIRO

*"o que vier eu*
*traço, o que não*
*me vem eu*
*caço. e nem me*
*recinto: es*
*paço"*
(Ricardo Aleixo de Brito)

Ninguém tomava tento. Época de se soltar para o mundo. Ainda que mundo fosse do "Melo" ao "Pai João", onde se ia nadar, passando pelo mercadão da Praça Dr. Chaves ou pela Praça de Esportes do Bala Doce e Sabu, com direito a algum lance da piscina, entrevisto pelo emaranhado intransponível da cerca viva. Sua maior concentração ficava em torno da Igreja do Bom Jesus. Daí se arrancava para o "Matias", atravessando o Cintra e Delfino, com varas de pescar e lata de minhoca cavucada na horta da mãe. Na volta, a fome autorizava arrancar um ou outro pé de mandioca da roça do Bastião Gama. Pelos lados do São João, só nas fogueiras de junho, campeando rezas onde servissem biscoitos com café pilado em casa. A indústria do café moído aposentava o "Mimoso", moinho manual movido a manivela e a pesada e cansativa mão de pilão. Às tardes, as casas já não exalavam com freqüência o cheiro do café torrando no fogão a lenha, em grandes panelas de ferro e resguardo contra golpes de vento. Para uns, de melhor *sabor* que o líquido degustado, para outros, indispensável às visitas. Pelas escarpas dos Morrinhos, passando pela casa da Delaide, quando se ia chupar manga e jabuticaba no Tio João Euzébio.

Na volta, a travessia do cemitério tinha que ser feita com o dia ainda claro, para se evitar encontros inevitáveis, depois do pôr-do-sol. Acompanhar a esmo a boneca do Leonel, ao som de marchas, sambas e frevos de sua *furiosa*. Ficar até as dez horas da noite na rua, jogando conversa fora. Todo mundo já taludinho. Apareciam os primeiros "cabelos" no sovaco e no saco. A imitação da pose do adulto. Uma vontade doida de namorar. Uma falta de coragem do mesmo tamanho de abordar a "namorada". Negócio é brincar mesmo, descobrir coisas. O primeiro veado surgiu do nada. Aliás, quando percebemos mesmo, eram três. Dois deles eram acossados por nós: Requebra e Jasmim. Se perguntados, não saberíamos por quê. A curiosidade aguçada acrescentava a todo momento *novidades* despercebidas. O mundo mostrava sua caixa de surpresas e dosava o conteúdo no esconde-esconde, incitando o avanço. Sabores e apetites, vamos experimentar? Correr para cima e para baixo. As *estações* aparecem do nada, ninguém precisa organizar. Jogar finca, no tempo das chuvas. Soltar *arara*, nas férias de julho. Roubar laranja, no seu Quelé. Comer biscoitos de rezas, nas fogueiras. E vadiar largo no mercadão, afanando uma fruta ou outra. Vez em quando, adeus moleza. Ocupávamos no serviço de carregar cesta, acompanhando as madames ou com uma caixa de engraxate às costas. Depois do anúncio berrado "engraxate", os que queriam, traziam seus sapatos para fora e ali, assentados na porta, dávamos o brilho com a "nugget" ou "duas âncoras". Uma passada pela zona boêmia sempre rendia alguns trocados. Era preciso ter tinta branca para tirar algumas marcas pretas ou marrons. Pela loucura de comprar um picolé ou dar umas voltas numa bicicleta de aluguel, trabalhava-se.

À noite, o pique é no cruzeiro da Igrejinha. Fica na frente dela. Reformaram ele. Tava apodrecendo, de tanto as senhoras chegarem vela e água no pé dele. Promessas e pedidos pra santo e chuva. Uma mijada ou outra da turma deve ter contribuído para sua ruína. O Capa Preta aprendeu a tirar as moedas que eram colocadas numa fenda da madeira. A gente corre em volta, vai até o quintal velho. Bate três vezes no lenho da madeira e grita "pique".

Seca brava e lá vem elas. Rodilha de pano na cabeça equilibrando latas, potes, qualquer vasilha e terço nas mãos. As velas são acesas no pé do cruzeiro. Juntam o pouco de água que resta nas cisternas e descem em romaria. Descem tudo rezando. Vêm das bandas do Cintra. Lugar de longe. Pés no chão, sem ligar para as pontas do cascalho quente. Raro uma *precatinha* de couro, metida entre dedos. Fé de meio-dia. Sol lascando. Reza cantada e reza falada. É aquela latumia.

"Deus num faia. Quando tarda, tá no caminho".

Por que será que Ele espera a reza, primeiro? Será que Ele prefere o sofrimento, ou é jeito Seu de lembrar as pessoas delas não se esquecerem das preces?

Delaide é que entendia desse negócio de reza. O filho Bernardo ou Nadim é um negro de finuras que mãe não cansa de gabar. Inteligência de invejar. Estuda no seminário dos padres, sujeito franzino, pequeno e acanhado. Fala tudo certinho, pausado e baixo. A gente tem vergonha de pronunciar *você*. Pode parecer que queremos imitar os grã-finos. O máximo que nos concedemos é "ocê". Mais, é *metideza*. Com ele é tudo natural. "Se vocês voltarem nos darão muito prazer". Vai ser padre, não tem jeito. Quando a mãe se aprecata com a passassão de roupas, lá vem ela, parecendo o seu Joaquim Baculejo de tão magrela e diligente. Enquanto presta ajutórios à amiga, passando a roupa com ferro de brasa, vai dizendo que quando se reza, acende-se um facho que alumia os caminhos do vivente. Para passar a roupa que o pai põe para votar ou ir à missa, ela coloca ao lado uma vasilha pequena com água e goma de polvilho. Molha um pedaço de pano branco e esfrega no tecido. A mãe diz que só a Dêla passa do gosto dele. O ferro tem que estar bem quente. Entra em cena o fole, uma geringonça feita em tubo de lata, terminada por um furo e uma sapata para apoiar o ferro, *afufado* por um êmbolo formado por um cabo de vassoura, encabeçado por molambos que gostamos de acionar. Principalmente quando saltam das brasas os tais "capetinhas". Alarido de pequenos estalidos avariados, capazes de queimar nossos pés. Quando o pai usa aqueles linhos com consistência de gelatina, o chapéu Ramenzoni cinza, ele parece mais largo, mais alto e mais importante. O porte ereto, bem feito de músculos construídos no trabalho pesado, com mais ou menos um metro e oitenta, andar cadenciado de passos macios, sem pressa para voltar: vai dar seu voto ou à igreja. Talvez à União Operária. Cumprimenta a todos com um leve sorriso, até a desconhecidos. É de seu natural.

Nunca reparei homem nenhum naquela procissão desarrumada. As mulheres se preocupam mais com o mundo do que os homens. Se não, parece. Mas os homens se preocupam muito com elas... as mulheres.

Ontem de noite, assim que a "Força e Luz" apagou a luz dos postes, a gente já se preparando para ir para casa, apareceu o Sapateiro, batizado como João Salvador de Faria, que também atende pelos codinomes Patêro, Joãozinho, Capa Preta ou Capa, filho do seu Bernardo. Chegou e deu idéia: "vamos fazer gozo?".

Que diacho que é esse negócio? Fala pensada. Ninguém perguntou merda nenhuma. Ele era o líder. Ficar calado e não aparentar surpresa faz a novidade virar coisa velha. Isto eu já sei.

Todo mundo sentado na muretinha de rodapé da Igrejinha.

Aí, ele pegou na pica dele e mandou que a gente fizesse o mesmo.

De repente, tava todo mundo com as velinhas de bolo de aniversário na mão, sem saber bem o que fazer com aquela tristeza.

Patêro comandou: "todo mundo pensano numa muié pelada". Aquilo não estava fazendo sentido. Ele percebeu. Faltava um da turma. Não titubeou: "pensa na Fulana pelada". A fulana era a mãe do faltante.

Foi como um raio, todo mundo se eletrizou. Velinhas acesas. Hora do parabéns.

De frente pra turma, pernas espichadas, escorado no braço esquerdo, Patêro comandava, fazendo manobras de perito. Todo mundo no acompanhamento, cuspindo na palma da mão e trabalhando no ofício. Não tínhamos a menor idéia do que ia acontecer no final da festa. Vez em quando ocorria um ligeiro incômodo. Bem reparado, parecia um calafrio ou um esbarrão num terminal elétrico do corpo. Coisa desajeitada de se explicar. Ruim, mas bom.

Deu-se de o Patêro se estribuchar de um jeito deveras estranho. Começou a revirar os olhos, manter a língua pra fora no canto da boca, dar solavancos, gemidos e rosnados estranhos. O ar que atendia a todos parecia não ser suficiente para seus pulmões. O quadro começava a inquietar os aspirantes. Lembrei-me dos ataques epiléticos do Juvêncio. O produto da lembrança mudou o calafrio para gastura. Messias nem tchum, sapecava a mão no trem. Bastou alguém dar o alarme: "o fiadamãe tá morreno, foi fazê indecência na porta da Igreja, agora tá morreno!". Não ficou ninguém por perto. Foi um atropelo. Sem levantar as calças arriadas, nem tempo para pensar em rumos, os tombos foram inevitáveis. Cada qual escolheu a saída que suvertesse com a sua distinta pessoa no menor tempo possível daquele lugar. Morte não experimentada, personagem distante. Quase fantasia. Difícil ser imaginada. Sua iminência naquelas pequenas iniciantes cabeças traduziu-se em pavor maior que nossos corpos podiam suportar.

"Fidumaségua, tô morreno, bosta nenhuma! Tô é gozano! Pode voltá." Disse lá ele, recobrando o jeito de gente e o comando da turma.

Voltamos ressabiados. Cada um a seu tempo e de um canto diferente. Maioria com os joelhos, pernas e braços ralados.

Então a gente tem de pensar nelas, peladinhas, né? E se a gente morrê, nesse tal de gozo?

Pensando bem, nem tinha reparado ainda: minha tia tem um bundão. E minha professora, hem, que fartura de peitos!... Tudo apertado, quase vomitando pra fora. Judiação!

# DINARTE

*"Trabalho arduamente para fazer o que é desnecessário.*
*O que presta não tem confirmação,*
*o que não presta, tem.*
*Não serei mais um pobre diabo que sofre de nobrezas.*
*Só as coisas rasteiras me celestam.*
*Eu tenho cacoete pra vadio.*
*As violetas me imensam."*
(Manoel de Barros)

O tempo das águas principia. Coincide com o término das aulas. A cidade é visitada pela chuva por quase três meses. Uma labuta só. Chega braba, apressada. Necessita avisar que tá chegando. Parece. Aos poucos vai se acomodando e passa a cair manhosa, enganadora. "Chuva de molhar bobo". Por aí, fica. Vez em quando bate uma saudade, então cai forte. Depois, serena. Serve pra fazer umidecer o profundo da terra e de lá brotar o sustento. Para nós tem duas serventias e, se pelejar um pouco com a memória, tem três: serve pra modo a gente jogar finca e pra atrapalhar trepar nos pés de manga. Escorrega pra quiabo.

Nos intervalos entre uma pancada e outra, a gente caminha na enxurrada e brinca de fazer escorregador nas ruas. Ninguém se atreve a passar. Passou, caiu. Depois é morrer de rir do tombo, do outro. Se é um de nós, então...

"Doca não sai hoje."

"Seu Zé Pedro amarrou ele de novo? Aposto que foi aquele louro tagarela que falou onde ele tava escondido."

"Não. Cortou o pé numa garrafa quebrada, brincando na enxurrada. Saiu até as tripas pra fora do pé dele."

"Mesmo assim, não vai escapar da surra?"

A cidade só conhece o calçamento no centro do centro.

A padaria "Flor do Sertão" fica acima da casa do seu Antônio Leite, pai do Sulinha. Faz frente com a casa do Godofredo Guedes, ocupado com sua arte de compositor e em levar para as telas o imponente prédio do mercado e Tuia, o alforriado centenário sem língua. Daí, a meio caminho, lado oposto do vale, o armazém do seu Otávio, onde abastecemos na *caderneta*. São duas ladeiras separadas por um pequeno vale, onde corria um alegre regato, manilhado, naquela parte. Terríveis para serem subidas após a chuva.

Até os animais que por ali passam, vindos da roça para o mercado, ou que são tangidos para o Abrigo Municipal, dão a volta.

"Aproveita que a chuva passou e vai comprar pão."

"Já vou, mãe".

"Seu Cota, me dá cinco pão de sal."

Além do papel grosso amarrado com barbante, havia o embornal.

Da outra vez o pão melou todo na lama. Foi lavado, mas não ficou prestando nada. Fui pro cipó do fedegoso.

Desta vez tô mais prevenido. Vou subir zunindo.

Finalzinho do trecho crítico, altura da casa do seu Dico, o farmacêutico e aplicador de injeções, com a do Nazareno, ele me aparece.

"Vou te pegar, negão."

"Não faz sacanagem, não, moço... Fiadamãe!"

Trecho alisado pelos pés desocupados de quem queria ver espetáculo. Dei. Desta vez o pão salvou-se. Me expliquei como pude. Deu fedegoso, não.

Noutro dia, a casa do Dinarte tava que era só goteiras. Uma beleza de fartura d'água. Molhou até a bunda do sacana, na cama.

Deve de ter sido chuva de pedra. Madrugada costuma cair cada pé-d'água.

# MILITÃO

*"nosso mundo, nossa infância.*
*Quem nos falará*
*de reconstrução do sonho?"*
(Paulo Colina)

Caminhão chegou com a mudança, na quebrada da tarde. Parou pelas bandas da Igrejinha. Muitos móveis. Coisa grande. Até geladeira participava dos trastes. Para uma novidade destas, devia ser gente graúda. Vinha dos lados da Bahia. Caculé. Informação sem fiança. Família pequena. Coisa de dois meninos, que mais não se deu conta. Curiosidade destampada e logo fechada com a noite que não tardou.

O dia correu ao rigor do sol, sem se entreter com um comentário ou outro, com um olhar mais comprido ou outro, ou mesmo com uma paradinha ou outra na igreja para ver se flagrava uma novidade ou outra. Nada se tinha por fazer. Nestes desvãos, o melhor era ocupar a boca com o alheio. Passa-se mais rápido o tempo. Não. Não era por causa do tempo. Ninguém ligava para ele. Tinha-se todo o tempo do mundo. Era tão pródigo de vastidão que era gasto a esmo.

O produto da curiosidade é a virtude de emparelhar pessoas. Não se importando se deveriam ou não estar juntas. Trocar pontos de vista comuns é melhor que trocar divergência.

Tardinha. Já descambando atrás dos morros da Malhada de Santos Reis, o sol alumia, nas despedidas, a torre da Igrejinha. Sopra uma brisa amornada pelo resto de calor ainda depositado nas coisas. A meninada, como andorinhas anunciando o inverno, vai se juntando na frente da igreja e ocupando seus lugares na saliência do rodapé. O dia foi de bastante calor. A maioria está sem camisa. Um leve odor lembra entrevero de bodes. Preço da puberdade. Mas ninguém dá conta ou se importa. De repente, como por encanto, alguém aparece na roda, recém-banhado, calça curta de linho branco brilhante, camisa azul *ban lon*, presa pelos dois botões intermediários e dedos enfiados numa sandália de couro.

Era o filho do novo vizinho, recém-chegado.

Sem dar tempo ao tinhoso de piscar um olho, foi se aproximando e desafiando: "Não tenho medo de nenhum de *vocêis*". Sotaque baiano, carregado. Bonito de se ouvir. Um pouco mais cantado que o nosso. Feio, o despropósito daquela fala. O dedo fez um semicírculo e voltou para a anca do desaforado. Por este traçado geométrico, ninguém ficava de fora. Havia destempero na fala. Ninguém tão alinhado, cabelos penteados para trás e cheirando a sabonete *Eucalol* se acercaria de um grupo preocupado em fazer nada e lançaria um desafio dessa natureza. O danado era atarracado. Voz meio rouca e forte, apropriada para rompantes. Dá mais respeito ao portador e o credencia a bravatas. Talvez pelo arrendondado da cara e sumiço do pescoço, lembrou o vozeirão do Luiz Gonzaga, preservadas as medidas.

Diacho, ninguém nem conhecia o tal sujeito e o miserável já se apresenta com todo esse desatino. O improvisado desafio do visitante fez lá seus estragos no ânimo da molecada. Latejou no coração. O cara-a-cara com a peleja, sem a devida preparação, era teste pelo qual não havíamos passado. A surpresa carece de tempo quando desagasalha as idéias. Naquele instante, o tempo urgia. A busca de providências para socorrer o momento entupiu a boca da turma. E o desafiante lá, com sua cara de lua cheia. Olha de cima, superior, alicerçado no deboche.

Messias, filho da minha mãe de leite, e o primeiro a produzir filhos dentre todos, reatou o fio da conversa. Melhor seria se tivesse perdido a língua, que nem dizem do Tuia. Meio amarelo, virou seu dedo encardido de verniz, apontou para mim e perguntou ao desafiante: "Nem dele?".

Susto pra riba de susto, no inopinado do momento, dei um salto e fiquei cara-a-cara com o valentão. Não sei que danação que me deu. Por causa do repente, podia ter a fuça quebrada pelo estranho. Além disso, perdido a liderança. Mas já era tarde para avaliar considerações divergentes, ou contar os paus que fazem uma canoa. Agora era eu e minhas conseqüências.

Liderança?... Liderança que era dividida. Zé Maria Curiango governava junto. Não tinha presença naquele arranca-rabo. Idéia do Capa: "Sem divisão de patentes. Eles têm pegadas iguais". A gente nunca tirou a prova dos nove. O respeito era medo mútuo. Sei não, mas me parece que o medo de insucesso da empreitada gera respeito entre os pré-contratantes. É a medida do fubá que afofa ou endurece o cuscuz? Certo é que, se apressado o mastigo, o cristão engasga.

Capa Preta, mais velho, comanda a meninada. Fez um ringue de boxe no quintal da casa dele. Lá só treinam os grandes, ele, Raul, Dinarte, Dé Cai N'água, Doca... Tem luvas pras mãos e é demarcado por corda. O outro ringue, no quintal velho, tem piso de serragem. Quincas e Zinho fornecem serragem, tirada da marcenaria do pai deles, mas nem passam perto pra ver. Parecem duas moças. A gente se pega com as mãos enroladas num pedaço de pano. Capa é o mestre. Também dá aula de gozo. É dele a idéia da liderança: "Nem Preto e Curiango comandam os meninos da Igrejinha, até que outro ganhe deles". Essa liderança inventada que agora me põe em apuros. Capa, seu filho duma égua, que idéia mais besta foi essa!

Ainda tava ali, no entender daquele desarranjo, quando o estranho deu um passo para trás e no mesmo tom de voz, sem carecer nem arrefecer, disparou: "Ele *está* fora". Apontou para mim. "Agora, do resto, não tenho medo de ninguém".

Deste susto eu não morro. Me recompus. O miserável mijou pra trás. Coisa de segundos que nem o relâmpago explica, tinha concluído e sufragado meu parecer: o cabra era frouxo!

Capataz da situação, de cinza, voltei ao negro e falei pro Dim Sebim: "Sai nele, Sebim". Acho que não avaliei o meu ato. Talvez meu comando tenha saído inapropriado, alimentado por energias até então adormecidas. O que restou de certo é que a tal história da liderança não resistiu ao primeiro teste. Cada um arranjou uma ocupação para fazer fora dali. Antes de receber o troco, Messias saiu de mansinho, dizendo que a sua mãe tava chamando pra ele tomar banho. Milagre atribuído ao Militão. Sujeito dado a sapitucas, amigo e fanfarrão que apanhou de cada um da turma, até fazer parte dela.

# O PORTAL

*"tanto acúmulo nenhum*
*repouso*
*(o acaso enfim)*
*e os chifres do inferno*
*no rubor da casa"*
(Edimilson de Almeida Pereira)

Pra botar tenção, carece lhe dar algumas explicações, pra modo de ficar claro os acontecidos aqui narrados. Me desculpe o atrevimento, não se trata de história inventada da minha cabeça, não. Muito em antes, ela já era conhecida, falada e arrepetida, im dês de que mundo é mundo.

Assim, pelo menos, entendo.

O que lhe conto eu ouvi contar quando era menino, lá em Montes Claros, Norte de Minas Gerais. Quando escutei ela pela primeira vez, ela cabava no estrondo. O capeta desaparecia e ficava por aí... Tempos mais tarde, já mais taludim, eu ouvi ela contada de outros modos. Desta segunda vez, ela terminava bem do jeitim que ela vai terminar hoje, com o capeta chegando até a casa de Geralda de Chiquito. Uai, sô, afinal, o tratado deveria de ser cumprido também na sua segunda parte! Se o bicho teve palavra pra cumprir com a parte dele, magine ocês agora o Chiquito roendo as cordas nos finalmente! Mas, nem que de jeito maneira qualidade que pudia dar certo!

Esse era o jeito mais ajeitado de contar do falecido primo Conrado. Que Deus o tenha em suas graças! Caboclo de prosa boa, que o cretino de um raio, nas meaças de chuva intempestiva de verão, levou ele mais cedo pra companhia de Jesus Cristo.

Louvado seja!

Sucede que o acontecido aqui, por tá muito desafastado nas lonjuras do tempo, a gente pode até se aprecatar nas marvadezas das dúvidas. Por isso, eu acho mesmo é que o personagem sobrenatural, o tal da parte do meu primo, era a morte. Daí, vinha todo os procedimento, mas... na dúvida, vai o capeta mesmo. Afinal, só vale o conto se cê puder acrescentar um ponto.

Vamos pelo começo.

Contam que há muito, mas muito tempo atrás, por modo de uma terrível seca, quase nada havia pra se comer. Parecia que Deus havera se desgostado de suas criação aqui na terra e, pra se ver livre delas, fechou as torneiras do céu. O gado morria de fome aos lotes e as roças se esturricavam ao sol, que já era de natural quente.

Era um sofrimento, moço, de não se dar conta. Vendo aquela prostração medonha, os meninos mostrando as costelinhas pra fora, nada na prateleira, nem mesmo uma preá para caçar, só uns calangos de vez em quando, Chiquito se apavorou. Pensou que iam morrer ele, a mulher, os meninos e o cachorro com a barriga pregada nas costas e as costelas em reco-reco. Já tinha gastado todas as simpatias e rezado todas as rezas que sabia, e nada: o solzão descia impiedoso. A terra deu de rachar, depois que secou o último ôi d'água da cacimba. Dava dó de vê aquela boizama toda cavucando a terra seca pra modo tirar lá de dentro a água que ela bebeu e deixou a crosta em colcha de retalhos.

– Num sei o que fiz pra merecer esse desatino de sofrimento. Deus aparenta tá de malquerência com tudo que é vivente, sô! Mas que eu vou ficar aqui esperando minha morte... mas que nem de jeito nenhum!

Assim resolveu Chiquito, quando viu a mosca pousar no olho do filho mais moço, procurando água para beber e os animais de caça rondarem por perto desassossegados.

Juntou o pouco de forças que lhe restava, alguns cacarecos que tinha e botou o pé na estrada. Abandonou sua terra Natal, Mirabela. Pedindo aqui e acolá, foi parar em Montes Claros. Ficou nos arredores da cidade, de onde saía e voltava com as mãos quase sempre vazias. Tirante a caridade alheia e um raro biscate: consertar uma cerca; furar uma cisterna ou abrir uma fossa seca para servir de privada; mais não arranjava, não.

– Deus parece se desgostou do que fez, Geralda! Num vê que do jeito que lá vai, não vai sobrar vivalma sobre a terra? Que diabo será que eu fiz pra merecer tal sorte? Quero trabalhar, não tem trabalho. Nem pra alimentar os menino. E estes, que culpa têm do que eu nem sei que fiz? Lamuriava o Chiquito.

– Mas deixa tu de ser besta, homem de Deus! Até parece que tá amolecendo os miolo. Que que é isso, Chiquito? Temos muito a agradecer a Deus. Estamos todos vivos. Sofridos, marcados e discriminados, que só pele e osso, mas ainda estamos vivos. Geralda arrefecia o rompante do marido e arrematou: – Enquanto hai vida, hai sorte, homem! Não vamos desanimar. A Santinha enterrou semana passada o menino do meio e esta semana foi a vez da Bastiana enterrar o caçula.

Campeava o desespero. Pois, acrescendo ao desabrandado da situação, veio o gravame duma doença para a qual se desconhecia remédio. O vivente ia se desmelingüindo em tosse, febre e esmorecimento. Não passava um diazinho sem que mais de um se fosse embrulhado na coberta.

Numa certa noite, Chiquito acordou a Geralda, que nem dormia nada por causa do calor danado que fazia, e lhe disse: – Quero tomar uma atitude! Daí, contou o que pensava para a mulher. Esta, com os olhos esbugalhados de espanto, olhou para os três rebentos, que se encontravam em estado de fazer dó, olhou para si e para o seu homem, que mais pareciam dois gravetos... Aguardou um instante em silêncio, depois falou com decisão: – Pode ser, mas negocia o maior prazo que puder!

Chiquito ficou animado, ali mesmo terminaram a noite, fazendo planos para o futuro.

Passaram-se rápidos 31 anos. Igualmente rápida fora a mudança de condições do casal. Chiquito era dono de sítio, tinha casa de comércio na cidade e carros-de-praça, como eram chamados os táxis de hoje. Possuía uma bonita casa assobradada, num dos pontos mais importantes da cidade, mantinha uma pensão e algumas casas que rendiam alugueres (palavra substituída por outra mais rápida: aluguéis).

A prosperidade veio a galope. Se alguém maldava, havia sempre quem a justificasse na disposição do Chiquito para o trabalho. Suas bondades com os mais desvalidos eram comentadas no sermão da igreja. Uma boa parte daquela fortuna foi empregada na construção da capela. Por ser sempre o festeiro, era quem mais contribuía para as prendas dos leilões. As barraquinhas ganharam novo entusiasmo.

O que desandava, andou. E andava muito bem, obrigado!

Aos 57 anos – ao contrário de seus conterrâneos que se iam pelos 40 –, Chiquito era a saúde em pessoa. Vivia se gabando de que ninguém acertava a sua idade. O máximo que lhe atribuíam era 40 anos.

Os filhos, todos vieram estudados da Capital, à exceção de Maria José, a Zezé, que resolveu virar mulher-dama e não botou mais os pés na cidade. A filha rapariga, como diziam as pessoas mais simples, que não tinham papas na língua, era a vergonha da família e a única porta aberta ao desgosto daquele belo e próspero casal.

Ao ouvir: "semana que vem você vai completar 58 anos, querido!", falado por aquela mulher que não guardava a menor lembrança da antiga Geralda de Chiquito, ele entrou em pânico. 13 dias depois o capeta viria buscá-lo. Tinha sido este o trato que resultou da tal conversa, naquela noite calorenta de insônia: teria tudo o que pedisse, mas, em troca, daria sua alma ao diabo, que viria resgatá-la no prazo de 31 anos. 13 dias após a data de seu aniversário.

De acordo com o combinado, Chiquito deveria esperá-lo no sítio que lhe seria dado. A data caía numa sexta-feira. Chiquito estava desesperado. Não queria morrer. Logo agora que os negócios não tinham como ir melhor, que seu prestígio na cidade daria até para ser usado para alcançar o cargo de prefeito... Não, não pode ser.

– Que azar o meu! – resmungava o pobre Chiquito.

Pela primeira vez nos últimos 31 anos, não houve festa de aniversário. Chiquito nem sequer foi encontrado para receber os parabéns dos amigos que o procuraram. Os presentes, nem mesmo foram abertos. Os filhos não entenderam aquela mudança repentina do pai. Homem alegre e expansivo, de repente ficou jururu (modernamente se diz daquele que entrou em estado depressivo), barba crescida e sem ligar para coisa alguma.

Parecia até que tinha medo de gente. Mal comparando, vivia feito bicho acuado. Ressabiado, falando quase nada, dava de vigiar com o olhar perdido por sobre as coisas, próprio dos que já não se entendem consigo mesmos. Às vezes, até nem dizia coisa com coisa. Baralhava os assentamentos no comércio e não se incomodava com os prejuízos que isto lhe causava.

Preocupados, os filhos tentaram levá-lo ao médico. Ele resistiu. Fez careta de desprezo, revirando os olhos num prolongado suspiro. Aumentou ainda mais a preocupação deles: – Será que o pai tá ficando destrambelhado? – perguntavam os filhos, apenas nos modos de olhar. Ninguém falava, não. Conversa ruim, às vezes, atrai o mal.

Havia respeito a certas práticas e a determinadas palavras que jamais deveriam ser pronunciadas, sob pena de se atrair até 7 anos de azar. Matar urubu, por exemplo, dava 7 anos de azar. Chibungo ou corno, toda vez que pronunciadas afundavam a terra 7 palmos. Pra falar o nome do capeta, davam-se muitas voltas: Zebedeu era o preferido do primo Conrado, que nisso era desabusado. Ligava muito, não. Falava e morria de tanto rir dos calafrios e constrangimentos que causava ao redor. Por isso, os filhos do Chiquito preferiam dizer sem falar. Cuidavam de ficar nos entendimentos.

Dona Geralda assistia a tudo calada, entendendo os passos daquela situação e sofria junto com o marido. Às escondidas, chorava. Rezava mais que as beatas da missa das seis da manhã. Arrependia-se mil vezes daquela noite em que o Chiquito lhe havia proposto esse desatino de pacto.

– Onde é que eu estava com essa cabeça, meu Deus?! - lamentava.

Na quinta-feira, véspera, estavam os dois a sós no sítio. Não sabiam como lidar com a situação. Nada havia que os distraísse. O canto das galinhas de angola os aborrecia, porque lembrava a situação de fraqueza a que estavam reduzidos. O bem-te-vi, com aquela insistência de agudos com réplica acompanhada de gracejo e o insistente "ti vi", "ti vi", e a pomba verdadeira, com o seu "fogo pagou", antes, alegrias daquele lugar, estavam tornando-o insuportável.

De repente, Geralda gritou: – Chiquito, venha cá, homem de Deus!...

Demorou bem um tempo para Chiquito chegar até a varanda. Ao ouvir o grito, longe que andava com os pensamentos, foi apanhado de surpresa. Suas pernas bambearam, seu coração disparou, as forças lhe fugiram e a vontade lhe escapou líquida, pela cueca. Em estado precário, acudiu a mulher. Lá chegando, viu que não era o capeta que tinha se antecipado. Assim, arranjou forças para ficar ali, de cócoras, escutando o plano que a Geralda tinha matutado (mesmo que astuciado ou bolado). Parece que o Chiquito não se convencia daquela conversa, que, pra dizer a verdade, ele nem ouvia muito bem, tão aturdido se encontrava.

Terminada a prosa da mulher, Chiquito, assim meio sem jeito e sem nenhuma convicção, falou: – Veja lá o que você vai me arranjar, mulher!

Refogada nos temperos do entusiasmo, Geralda respondeu, com todo o calor de quem estava decidida e convencida de sua estratégia: – Não se preocupe, capeta nenhum vai levar marido meu, antes da hora!... nem depois!

À hora marcada, 13 horas, lá vem o capeta. Vem caminhando. Mais ou menos a cem metros da casa, parou. Estava intrigado. Coçava a barba, passava a mão pela cabeça, esfregava os olhos, como que diante de uma aparição. Por fim, desabafou: – Que diabo será isso, meu Deus?! Acompanhando a fala com a mão, resmungou: – Não pode ser boca de bode, porque boca de bode é assim (fez um gesto com a mão na horizontal), e aquela desgraça ali em cima do cupinzeiro é assim (fez um gesto na vertical).

Com a realização dos gestos o capeta traçou no ar o Sinal da Cruz. Junto ao descuido de invocar o nome de Deus, foi o suficiente para produzir uma tremenda explosão, ficando no seu lugar apenas uma nuvem fedendo a enxofre que o vento logo dissipou.

Geralda se recompôs e foi correndo dar a notícia ao Chiquito.

– Pode ficar descansado, marido. Não é desta vez que você vai! Espantei o capeta para sempre!

Pela boca da noite (como é chamada a hora que começa a escurecer), Geralda e Chiquito nem se lembravam mais de capeta, quando apontou, na altura do cupinzeiro, um cavaleiro montado numa mula reluzente, com arreios de prata e todo paramentado.

– É o Manoel de Sinhá Ana. Disse Chiquito à Geralda. – Corre lá na cozinha e prepara um café pra nós, benzinho.

– Tá parecendo, não, querido! Retrucou Geralda.

– Eieiê, tá vendo não, sô?! É ele, sim! Vai..., vai logo, em antes que não dê tempo de você sair mais. Insistiu Chiquito, vencendo a cisma da Geralda.

Da cozinha, Geralda estranhou o convite do Manoel. "Ai, Senhor Bom Jesus da Lapa!" Sentiu um aperto no coração. Pressentindo o pior, correu até a porta a tempo de ver Chiquito dando a mão ao cavaleiro e subindo para a garupa do animal. Desesperada, gritou:

– Não suba, não, Chiquito, pelo amor de Deus!

Como encantado, ele já não ouvia mais.

Soltando fogo pelas ferraduras da mula, os vultos sumiram na altura do cupinzeiro, envoltos numa névoa cheirando a enxofre.

# O MORTO

*"(Soube-se depois que aquele*
*Delegado de Polícia*
*que espancava seresteiros*
*e arrancava bigodes de camponeses*
*arrastando-os pelas ventas*
*feito marruases*
*era homossexual*
*cumprindo bem o seu papel)"*
(Narciso Durães)

Saber de certeza, soube, não. Na verdade, faltou ver com os olhos que a terra ainda há de comer. Daí tirar constatação. Que sabença é crença que ninguém derranca. Faltou um nadinha. Talvez que assim como mais um piscar de olhos. Pondo reparo, como quem olha com descostume de ver. Coisica de nada. Pois ele passou rente. Triscando. Fino. Tal qual um sair sem ter entrado. Carecendo de terminar a função interrompida.

O desacerto da certeza, o senhor sabe, gera falatório, na verdade. Verdadeiramente, cresceu a fama, fêz-se a cama. A quase-certeza tem a virtude de se mudar em certeza. E dá por certo o que foi gerado na dúvida. O tempo, do tempo se encarrega. Sabe lá como é, né, seu doutô?...

Dúvida não havia. Quanto a esta parte, não. Oliás, na verdade, verdadeiramente, nem nunca houve. Era patente como a sombra de quem vai ao sol. Ele nada fazia para esconder sua preferência. Era questão de honra. Vivia lá. Podia-se ouvir seu riso na farra. Gostava disso e vivia dizendo que botava gosto em morrer disso, na verdade.

"Sou democrata por excelência". Dizia. "Pratico com todos os rigores a democracia sexual: como a todas". Gabava-se de não ter sobrado uma na vizinhança que não tivesse importunado.

"Que não me falte o pequi, nem aquela coisa de fazer xixi". Caçoava. Quando alguém o repreendia, chamando-o de indecente, saía-se com esta: "...é que o pequi me solta a urina". Verdadeiramente esculachado.

Aquela avidez fez a família sofrer antes e agora, sob o peso do luto. Para ele a viuvez foi uma bênção. A carta de alforria que ele mesmo escrevera à força, pelo hábito do desgosto renovado à sua devotada esposa.

Os filhos, verdadeiramente, todos maiores. Alguns com famílias. Morriam de vergonha das aprontações do pai. Quanto mais eles entravam no caso, mais irredutível o velho ficava. Pirracento, o danado. Desculpa!

Preocupados com a dilapidação da fortuna e sem deixar aberta a intenção, formavam serões para advertir o pai. Mas cadê a coragem de ir, sem peias, ao assunto? E nessa de dar voltas, bater na canga para o boi entender, de comer pelas beiradas (no bom sentido, o senhor tá me entendendo), não estava resolvendo nada. Verdadeiramente... O velho fazia ouvidos moucos. As palavras não passavam dos tufos de cabelos que lhe guarneciam as oiças. Isso mesmo: o-i-ç-as (ôi i, ce, ás, çás).

Numa dessas investidas, foi escalado para falar o filho mais velho, por quem o pai, na verdade, tinha uma certa queda. De piruetas em piruetas sobre o tema, qual bailarina, ia comendo pelas beiradas. O senhor tá me entendendo, né?: mo-do-de-dizer. Vendo a cara de asno do seu genitor, foi aos poucos perdendo o tom filial e subalterno que não conseguia superar. E, verdadeiramente, num dado momento, sentiu que tinham acabado as fichas, então apalpou mais próximo o furúnculo: "Pai, o senhor vai me desculpar, mas dá um jeito nisso, uai." "Dar jeito em quê, filho?" – perguntou o velho, arregalando os olhos, cheios de espanto, interrompido na busca de uma forma de acabar com aquela toada chata. Quedou assim diante do filho, entre patético e distraído, com uma toalha no pescoço e um palito esquecido no canto da boca. Pedia resposta.

Tentando calma, o filho continuou: "...dar um jeito nessa coisa toda aí, quero dizer..., isto é, no falatório..., isto é, dar um jeito nessa patifaria toda aí, que o senhor, na verdade, tá sabendo muito bem do que se trata. O senhor não sai mais da zona boêmia. Até parece que não tem casa. Não pode ver mulher. Tá matando a gente de vergonha. Esqueceu-se que tem problema de coração? Já pensou se o senhor..., já pensou se o senhor..., quero dizer..., na pior das hipóteses, já pensou se o senhor numa dessas safadezas bate biela bem na hora "h"?" Terminou o discurso sem saber se estava mais emocionado ou enraivecido por ter aceito a missão. Mesmo assim, saboreou em meio ao fel da boca uma leve pitada de rapadura, dessas ensalobras que vêm lá de Miralta; tinha sensibilizado o velho.

Na verdade, verdadeiramente, não passou de falsa impressão do filho. Até parece que não conhecia o velho, queixo duro que era.

Recostado na cadeira, bem refestelado, o pai se manteve impassível. Ouviu toda a arenga do filho com a mesma atenção que punha aos boleros que o Dim Canga cantava ou o Gera Sanfoneiro puxava do acordeão, acompanhado pelo pandeiro certeiro do Quincas. Estava tão ocupado em manter-se firme nos braços de Roxa, naquele bolero rasgado, que o silêncio da fala do filho, trouxe-o de volta à sala de sua casa. Tinha a mão esquerda apoiada no seu ombro direito, ao modo de quem conduzia a dama, e a mão direita, que se firmava na nádega da bailarina, nas alturas das virilhas. "Son três palabras.." Foi o que disse, quando tornou a si. Na verdade, ninguém entendeu nada.

Acariciou-se preguiçosamente. Atestou o que mais lhe importava: sua virilidade. Abriu meio olho esquerdo, levantou a sobrancelha espessa e disse com preguiça: "Você acha que eu me preocupo um pouquinho com isso?..." Enfastiado, procurou no rosto do interlocutor o efeito de sua fala, enquanto se recuperava do tédio da volta. Continuou: "...se tal acontecer, neste caso, preste atenção, escreva na minha lápide: 'morto no estrito cumprimento do dever' ". Autêntico canastrão, tentando convencer a si próprio. Lembrou-se de um tal Guéri Cuper, mas não se recordou de igual interpretação, e consolou-se com o exemplo internacional.

Quando morreu, na verdade, coincidência ou não, houve uma baita confusão na zona boêmia. Sofia gritava: "Tira esse homem daqui, pelo amor de Deus! Chamem um médico! Socorro!"

Dizem que alguma coisa estranha deu entrada na casa dele. Pelo portão dos fundos. Parecia um corpo enrolado num lençol. As sombras da noite indeterminaram o sujeito.

Sandoval, seu amigo inseparável, com a lucidez que lhe permitia o intervalo de pré-ressaca a que foi subitamente obrigado por "requisição" policial, preocupado com o seu ditado preferido; "peixe morre pela boca", afirmava que, no momento do sururu, na verdade, tinha ido dar uma mijadinha, coisica de nada. Tempo pra ele dar sumiço do quarto de Sofia, que se suverteu da cidade, antes mesmo de manhecer.

"Seu delegado, ver com esses olhos que a terra ainda há de comer, verdadeiramente, eu não vi não, seu Delegado. Não vi não, viu? Mas, pelo andar da carruagem, sei não... Na verdade, acho mesmo que, por causa lá de não ter terminado o serviço, a coisa lá do cujo não arredou do ponto que tava. O senhor sabe como é que é, né, seu Delegado? Nessa eu não me meto. Foi enterrado com o mastro pra riba, em caixão especial. E tinha lá ele a cara de satisfeito mesmo!"

– Madre beata, tiscunjuro! – Nilsinho suspirou persignando-se. Reclamava por estar "naquele lugar" e "àquela hora", indevidamente, – pois nada tenho a ver com o peixe. E nada tenho o que botar no papel. Morou?

"O senhor sabe como é que é, né, seu Delegado?..."

"Bota aí, escrivão: de acordo com as informações e provas coletadas nestes autos de inquérito, vírgula, a prova material remete para a quebra de contrato, vírgula, em razão da interrupção do fornecimento, vírgula, ainda, vírgula, pelo que parece, vírgula, contra a vontade do fornecedor, ponto. Não há infração penal a ser apurada, ponto. Querendo, vírgula, devem os interessados procurar a reparação civil, ponto. Feche de acordo com a praxe. Baixe-se e arquive-se, ponto. Assinado, Delegado J. Idálio."

"Senhor Nelsinho"...

– Não, senhor: é *Nil-si-nhô* mesmo, morou?! Diminutivo *efeminado* de Nilson...

"Caia fora daqui, raspe, antes que eu te pegue *nô-jô*!"

# O PIRAPIRA

*"Meu coração*
*Uma mãe em sobressaltos*
*Todas as desgraças*
*Da raça*
*Parecem*
*Se acumular aqui"*
(Marcos Dias)

Antigamente, segundo a fé do ofício de contar registra, o Pirapira só encaminhava velhos moribundos, doentes de grandes sofrimentos e pessoas desanimadas com a vida. Sua chegada era anunciada. De repente, o doente melhorava, se ria, conversava. Se anunciava para a vida, com um desassombro de saúde verdadeira. A família acreditava no milagre da cura...

Missão cumprida.

Ele vinha vestido alegre, colorido. Desassistido de tristeza, que, da tal, tanto bastava o ofício. Dava voltas na casa. Os bichos todos se agitavam. Cachorro gania, gato ficava ressabiado. No poleiro, galo cantava fora de hora. Alvoroço de penas, no galinheiro. A natureza ao derredor crispava-se e se eriçava como os pelos dos gatos diante do perigo. Aquele que tinha ouvidos para ouvir, ouvia. Tantas voltas dava quantos eram os dias de vida restantes. E fingia sossego, ou era puro esmero da arte de não se acostumar no exercício da labuta, não escolhida de vontade própria.

Divagava no assim-assim do tempo. Ia e volvia, saindo do nada e voltando para coisa alguma.

Pondo zelo no que diziam, assegurando com palavras as tardias madrugadas da memória, onde zanza o vento das arengas e é abrigo de certezas e incertezas, "ponhavam firme que, com alguns caboclos, o tal Pirapira mantinha consórcio. Neles retinha a arte do encantamento para a vida. Na crença da alegria e da centelha de divindade dormitante no coração".

Mesmo que razões desassossegassem a lucidez, era o que diziam. E no finca-pé, fez voto de permanência.

Por voz da mesma corrente, aqui repito o redito, ainda que sem saber por qual ou tal motivo o fizesse o sufragado carregador de almas.

Reconsidero, pra falar no explicitado, que se evitava.

De mansinho, atribuíam ao meu avô uma parte nessa confraria de poucos eleitos e de poderes tão decisivos como os efeitos do tempo. Versado e conversado nas artes das curas, àqueles a quem meu avô assistia – diziam –, para estes, ele tinha uma só arenga:

– "Salve Jesus e a Virgem Rainha, chegou aquele que tudo encaminha!" Diziam ser reza, outros se afiançavam na fala.

– Se fala era, era fala rezada por entre dentes, de pouco entendimento. Recolhida. Assopro do ruminado. Quase nas gemuras do sofrimento. – Pespontava Bastião Gama, homem de palavra firmada nos pernoites do tempo.

Pirapira não é triste, nem engraçado, nem se ri de propósitos. Tem olhar tranqüilo, voz macia e falar manso. Inspira confiança aos seus. Olha profunda e calmamente para dentro deles. E assim os vendo, conhece-os por inteiro. Sabe tudo o que está guardado naquela mente e naquele coração.

"Mal comparando, Pirapira é como espelho. Só que mais habilitado nas virtudes de enxergar o por dentro mais que o por fora."

Era afirmação atribuída. Tinha dono, não. Veio vagando no vento. Algum ouvido atento de falador descuidado, quando deu por fé, já a havia pronunciado. Mas ficou nisso. Quedou-se no medo do dizer sem o entendimento correto do que foi dito. Para peixe, basta o anzol. Para nós, a fala. Para o passarim, o pouso no visgo cozido no leite da gameleira.

Caluda! Boca aberta é castigo do corpo.

E, por conhecer, sua bondade se transforma em compaixão e alegria de profundo pesar por aquela vida de sofrimentos e desesperanças.

Pirapira não quer ninguém triste, perdido nos desvãos da desesperança, para a hora do retorno. Não viemos aqui para a tristeza, embora sejamos todos quase. Então, retira do ar e toca sua flauta de vento de mil sons que a brisa transporta suave pluma ao coração do vivente. Este se alegra, se anima, se ri e melhora. A melodia, cativante e gostosa, penetra-lhe o coração num mergulho morno de sonho e retira de lá lembranças de tudo o que foi bom acontecimento. E leva-lhe aos olhos, à boca, às narinas, percorrendo todo o corpo, uma sensação revitalizante e de benquerença.

Envolto numa força súbita e inexplicável, o doente renova as esperanças dos parentes e aumenta a ignorância médica.

Começa se lembrando do último riso dado, até a alegria da hora do nascimento, quando recebeu o primeiro leite quente e nutritivo e o olhar úmido, tépido e carinhoso da mãe. E uma corrente de fatos ocupa-lhe a tela mental, numa sucessiva cadeia de agradáveis acontecimentos. Desprezadas as preocupações com os males, eles se arrefecem, aumentando a sensação de bem-estar, traduzida como ganho de saúde.

À medida que vai tocando a sua flauta, canta toda a história daquela vida. Ao terminar, o encantado, feito uma gota d'água atingida por uma réstia de sol, é envolvido por uma luz de mil cores e reverbera no arco-íris. Num sono calmo, desaparece naquele raio, qual criança, rindo-se e deixando no rosto este sinal. Continua para o outro lado o seu caminho de volta.

Hoje, Pirapira também tem outro ofício: o de levar crianças, por compaixão. Ele vê e sente todas as maldades que a elas são feitas. Chora diante de seus corações. Parco fruto de aziagos tormentos. Tanto sofrimento ali armazenado em tão pouco tempo. E se apaixona.

Louco, igual poeta possuído pela impiedade da paixão, Pirapira vem vestido de Pierrô, com sua flauta de mil sons. Gira, rodopia, dá cambalhotas, ri cascatas de gargalhadas e vai veloz. Consome ruas, marquises, praias e sinais fechados. Como um bando de borboletas, acordando manhãs de girassóis primaveris, lá vêm as crianças.

Misturadas aos medos dos homens, assaltam-nos. Confundidas nas mentiras deles, prometem. Pulam traseiras de ônibus, surfam e dão aos seus frágeis corpos alimentos de sonhos que giram velozes vitrines em suas retinas. Letárgicas, ziguezagueiam: sem a ordem do enxame, nem a eficácia das formigas. O medo estampado, refletido nas retinas dilatadas, lhes dá uma falsa sensação de força e poder. Onde dormiam dóceis cordeiros, despertam falsos leões. A frágil silhueta letárgica, num átimo, torna-se letal, sobretudo, para si mesma. E ziguezagueiam na deambulação peregrina.

Pirapira tem pressa, sofre, chora, agoniza, tem fome e sede. Acuado, pula pau-de-arara, pula polícia, dança reza de corpos marcados, estendidos nas portas de catedrais, nos passeios, debaixo das pontes e dos tapetes da política, nas praças públicas, nas manchetes dos jornais.

Jamais jogos de amarelinhas, pique no cruzeiro de uma igrejinha qualquer e capas pretas. Jamais amadurecer em cada uma das estações. Nenhum pai de "triste voz e violão como um lobo de madrugada chamando amores e corações quebrados."

Sua música, como canção dançando em gotas de chuva vespertina, deixa no ar uma frescura que anuncia o inverno. Fecunda o coração de alguns homens e mulheres que, sem o saber, também correm, também sofrem e também dançam o ritual das promessas.

Num segundo, Pirapira mostra toda a vida às crianças. Olhos embriagados, elas vêem seus filhos e os filhos dos filhos, todos iguais: sem casas, sem escolas, correndo e vivendo nas ruas, cheirando, apanhando, morrendo, indignos, deserdados de humanidades...

Corações de homens angustiados sentem. Corpos se inquietam. Mães impotentes clamam, pressentem... "ponhavam firme que, com alguns caboclos, o tal Pirapira mantinha consórcio." Neles retinha a arte do encantamento para a vida. Na crença da alegria, da centelha de divindade dormitante no coração.

O vento assopra a esmo. Bandeira invisível, açoita-se num nervoso vai-e-vem. Na premeditação do salto, crispam-se as forças da natureza, retidas na concentração do felino. A arena sustém o fôlego no aguardo do pico final.

Uma música de mil cores faz dançar os elementos e envolve aquelas pequenas promessas; já velhos e cansados camaradas. E, como uma nuvem de esvoaçantes borboletas, pulsando num ritmado soluço, desaparecem no coração do vento, deixando uma ruga em cada face.

Ele vem vestido alegre, colorido, e pulsa nos corações para reavivar lembranças do que foi humanidade.

# SEU ZÉ ESTEVES

*"O tempo é o contra tempo:*
*este relógio dentro do peito*
*o coração sem ponteiros*
*a sua aritmética falida:*
*a subtração da vida"*
(Henry Corrêa de Araújo)

O que contavam dele não era boa coisa. Tinha lá ele suas partes com o não sei o quê, que para se pronunciar tem que se persignar primeiro.

Ave Santa Virge Maria!...

Pra não faltar com a verdade às bocas miúdas, pois o povo se amofinava ao falar abertamente sobre o tal, diziam que ele era dado a fazer o mal. E era um mal ruim de cura. Pra botar acerto, não tinha cura, não. E o homem carecia nem de falar, não. Bastava espiar com aqueles olhos avermelhados, nas parecências de quem vivia nos acordados das noites, e querer com vontade de seu. Era a conta do tanto. A coisa desejada ou lhe era entregue ou dava de minguar, até faltar. Rosas murchavam suas lindas pétalas. Flores despetalavam e secavam os pés. Esturricava tudo. Papagaio falador ficava mudo e amanhecia de papo pro ar, no poleiro.

– "Havera de ter parte com o tinhoso." Alguém mais afoito afrontou.

Contam.

Vivalma alguma sabia dizer de donde ele viera. Não era natural daquelas bandas. Nesta fidúcia não havia aparte. Afiançavam com a força dos que tardam nas estradas. Ali chegara no desvão do tempo, feito madorna atordoada e mormacenta de sono aperreado, quando o que se vê não é visto, mas existe. Muitos o conheciam, nem que fosse de por ouvir dizer. Desde criança a homem velho. O certo é que, de sua origem, ninguém afirmava com segurança. Era baixo, sem muitas posses de corpo, de pele azeitonada, rosto arredondado e olhos bem de igual, com uma leve puxada, de riso falhado e pouca graça. Portava chapéu-de-couro surrado que cobria cabelo ralo acastanhado e uma capanga de pano, de onde tirava o material pra confeccionar o cigarro. Não era um tipo descomum. Era dado ao paletó, no rigor do linho. Todo amarfanhado e desconhecido de água e sabão. Puído aqui e ali. Parecia desdenhar a falta de uma companheira. Pelo menos, ninguém nunca ouviu de pronúncia sua tal ou qual consideração, pra puxar pelo assunto.

Daí para mais, quando alguém perguntou de onde mesmo saiu aquele tal, já era tarde. Ele já amanhecia e tresnoitava, zanzando pelas casas alheias. Despossuído de mulher, filho ou parada certa. Um guarda-chuva, às vezes, era companhia. Vivia meio que perambulando. Talvez alguém arriscasse a indicar sua morada num casebre lá pelas bandas da Malhada dos Santos Reis, mais pra beira da serra, de onde saía e retornava enigmaticamente o raizeiro Joaquim Baculejo. Saco de plantas medicinais na cacunda, impossível de se carregar daquele despassado à cidade, naquela idade, daquele tamanico e com aquela magreleza toda. No entanto, boa parte das almas que na cidade transitam deve, em algum momento da vida, à eficiência do conhecimento daquele homem que, algumas luas depois da ida, retornava a cada casa para entregar o pedido, sem esquecer nem a encomenda, nem a pessoa encomendante, tampouco a indicação, posologia e o modo de preparar a erva, raiz ou casca. De uma certa feita, se foi e jamais retornou com os pedidos, por mais que a lua se pusesse no céu. Mas, os encomendantes, se morreram, morreram de outros males, pois, dos que padeciam, seu Joaquim Baculejo os levou consigo. De donde aquele bugre desdentado, de cara chupada, meio gago e ensimesmado que nunca se serviu de um gole de café ou caneca d'água retirou tamanho aprendizado dessa medicina desautorizada? A ninguém importava, senão a cura.

É o que consta.

Vai daí que, no desaprevino do supetão, suspeita-se. Sem acudimento da razão, para o sem raiz e vivenda incerta, só mesmo se "filho de chocadeira". Azafamavam. Pode ser mesmo que nas andanças indígenas, avexada pela dizimação da espécie, sem que mal quisesse ou percebesse, alguma bugra tapuia tenha esquecido aquele bacuri que rondava as feiras dos mercados e, à noite, dançava nas beiradas das fogueiras que a minoria acendia para esperar o dia, que a pinga atordoava apenas. Assim, sua pele azeitonada, seus olhos amendoados, separados por um nariz assim-assim de grosso, por onde entrava apressado o pó do rapé e saía no macio a fumaça do pito: era presságio, à míngua da certeza.

Se especulava.

Por outro canto...

Vai que o tempo, no azafamado do acudimento da boizama morredeira por modo do céu negar à terra água e o capinzal deixar de ser sustento da rês tresmalhada, peleando pelos arredores, havera de ter-se esquecido de agraciar o desinfeliz com a mais benfazeja de todas as mortes: duas marcas cravadas na perna e sangue desafivelado pela gosma da cascavel!?

Hem?!...

Sem jamais ter mostrado batistério, nem demonstrado qualquer afeição pelas águas da purificação, fossem elas correntes ou estancadas, o tal sisudo atendia pelo nome de José Estêvão, ou "Seu Zé Esteves". Mais não carecia, não. E, a modo de não se incriminar – que encantação não favorece lei dos homens, em seus mil artigos, parágrafos e artimanhas –, creditava-se a ele o falecimento de um tal parente meu, de parentesco montado na lonjura, pelos lados da família do meu pai.

Corrijo.

Até porque, se relacionados com destreza os acontecimentos que geraram o princípio e vieram desembocar nesta vertente, a morte do tal parente meu teria apenas uma ligação de paixão passarinhesca: coisa que não se pode atribuir, num juízo firme e desafastado do passado, senão às encantações normais a que todos nós, pacientes do coração, vez em sempre, padecemos.

Suspeito que ponho muita tenção nesse apreparamento, delatando nos propósitos do explicitado, modo de nada quedar nos esquecidos das dobras da memória, onde padecem os grandes momentos, no aguardo do consentimento do lume da vontade. Melhor mesmo é lavrar o caso no mais aproximado de suas verdades, no acrescimento de outras tantas que a vivência e a experiência da vida nos autorizam a ir varrendo de debaixo do tapete das lembranças e deixar que cada qual, de sua parte, forme juízo próprio e independente... isso, se possível for.

Quase começo. Retraio!

Em antes que eu me esqueça e passe à tal parte, para que não se tomem por incompletas as questões do relatado, ainda que brevemente, assim de fugidinha mesmo, sem querer abusar, tocarei na malsinada sorte do compadre Anísio. Este, contraparente nos afastados ramos da família da mãe, natural de Lontra. Aqui não se trata, como em antes se disse, da força do desejo de querer para si o que é do outro. A desgraça do compadre Anísio talvez tenha causa na ambição desmedida de um também padeiro. Este, temente à prática da aglutinação comercial, antecedente da concorrência, socorreu-se do conhecimento do manejo das forças naturais, facultado ao Seu Zé Esteves; colocadas à mercê de alguns trocados, um martelo de pinga ou mesmo de uma suposta amizade ou guarida.

Se trato de compadre aquele que nunca fora, pouca importância deve ser dada. E já boto às claras o assunto. É que o que de menino se ouve, de véio se arrepete. Se era tratado por compadre, pela mãe ou pai, e no calor do aprendizado se ouvia, havera de compadre ser, que nome não se inventa nem se recria, mas se presume.

Ao deixar a padaria na qual oficiava de padeiro, a "Flor do Sertão", do finado seu Tota, situada em frente à casa e oficina do compositor e pintor Godofredo Guedes, o compadre Anísio entendeu de montar sua bitaca própria no Alto São João, onde construiu forno e se preparava para atender a clientela.

Na noite em que assaria sua primeira fornada, à tardinha, ele apareceu por lá. Como que levado pelo descuido das horas e sem tocar direto no assunto da desfeita, fazia perguntas.

Soube.

Naquela noite o compadre Anísio assaria a primeira fornada e estava danado de ocupado nos preparativos. Tanto que parece não ter ouvido a arenga do Seu Zé Esteves, de que aquele ofício iria atrapalhar o trabalho de um seu amigo padeiro que, debaixo de uma cesta desmesurada, afrontava as madrugadas para entregar o pão ainda quente aos seus fregueses.

Era tanta labuta que deixou à mulher as honras da casa, enquanto a visita, sentada meio atrás da porta da sala, depois de servido o café, tirou seu cochilo. Dali soube mais: que os pães iriam ao forno à meia-noite. Despediu-se e, nos entredentes, apenas resmungou: – Vamo vê, né!?

Compadre Anísio havia apostado tudo na empreitada. Na construção do forno nos fundos da casa de aluguel, na encomenda dos tabuleiros, mesas, cavaletes, farinhas, gorduras, pás... enfim, foi preciso recorrer ao crédito.

Assim que retiradas as brasas e limpo o forno, foram nele colocados os pães. Suado, cansado, mas contente, compadre Anísio, abraçado à mulher, contemplava o feito e emocionado fazia planos para o futuro.

Entraram para se lavar, tomar um café e aguardar. A tarefa agora era do forno.

Assucedeu bem assim.

Dizem que pareceu trovão, ou algo que descesse do céu, rosnando que nem o tal. Só que veio acompanhado de um vento quente, empoeirado e cheirando a pestilência. Assim no de repente, a idéia se recusou a dar corpo ao pensamento e, mesmo não havendo céu preparado, se ajeitou no despropósito do trovão. Teimava no desaviso da chuva de manga, que surpreende até o mais prevenido dos tropeiros. Era preciso dar tempo aos nervos e se socorrer à razão.

Sem a piedade das almas benfazejas, dava para suportar, não. O forno caíra em cima dos pães, dos sonhos e do juízo do compadre Anísio.

Ninguém ouviu, nem mesmo os ouvidos acostumados à água benta. Um relincho terrível, convivendo com o estrondo, e o relógio bater distraidamente as doze badaladas noturnas. Ninguém, não. O cego Lauriano, depois da missa das beatas, tentava conter o vozeirão desmedido – que desafinava o coro delas, puxado por Liata –, atestando, do fundo de sua noite, que assim houvera passado.

Desajuizado também quem quase ficou mesmo foi o Tião de Hilda, depois da visita que lhe fez o Seu Zé Esteves. Não se aprumou mais no ofício e teve que se mudar para outra casa nos arredores da cidade, no Cintra, aonde morava seu Ozório e suas parentas, dentre elas a Dionísia, especialistas no manuseio da fabricação com o barro: potes, moringas, panelas e diversas outras miudezas que eram expostas no mercadão da Praça Dr. Carlos. Parte do sangue do meu pai corria naquelas veias. Dava gosto de ver o luzidio daquelas peles, a fartura de dentes e de riso e aquele ar de quem sempre trazia, mesmo que já desfeita, um pote solto sobre a rodilha, na cabeça.

Esse, o Tião, era apartado da parentalha do lado do pai e da mãe. Mas se se apertar no rigor dos costumes pode-se até estabelecer uma consangüinidade cruzada.

Explico.

Nas práticas de convivência, por aqui é comum uma mulher parida dar leite ao filho da outra, enquanto esta se avia de fastio, empedramento dos peitos, ou se refaz no acúmulo do leite.

Vai o filho de uma, vem o filho da outra. Foi nessa troca que me tornei irmão do Messias, Belchior de nascimento, filho do Tião e da Hilda. Irmão de leite, como regrava o costume, e pra que fique bem entendido.

Tinha lá o Tião, pele clara, riso solto, maltratado pelo uso do pito, cabelos lisos e poucas posses de corpo – marcas de sua mestiçagem –, uma simpatia danada pelo candomblé. Diziam que quando zaroiava os olhos, se sacudia todo feito vara de bambu ao rigor de vento rijo, empapuçava as feições e mudava o tom da voz e o jeito de falar, era-lhe chegado o santo. E que, nestas condições, bebia uma pinga solta.

As línguas invejosas apalavravam que aqueles trejeitos todos eram fingimentos. Que não recebia santo, nem nada. Eram só pretextos para alimentar o vício. Parecia haver propósito em apequenar-lhe esta reserva de intimidade. Esqueciam-se de que o Tião buscava no ritual reatar com seus antepassados, ao modo das celebrações indígenas. Na marujada, agarrado à viola de dez cordas, evocava as danças tribais guardadas nalgum lugar da memória. E indiferente, como a carruagem, procurado, dava receitas, prescrevia chás, banhos, garrafadas e aconselhamentos. E ao que me consta, sua clientela jamais reclamara dos préstimos recebidos, distribuídos gratuitamente.

No diário da vida, era carpinteiro. Trabalhava na reforma e no fazimento de móveis em sua oficina, embaixo dos pés de manga, aos fundos da casa; um casebre ao lado da Igreja Santuário do Bom Jesus, duas ou três portas antes da casa de quem mãe chamava meu avô. Eram todos ligados. De adobe, pouco mais de dois metros de pé direito, duas águas, porta e janela. Consta que vô Heitor Hermenegildo de Aleluia os construiu assim, não por economia, talvez porque acreditasse na serventia apenas da necessidade. Era modesto, sem luxos e apegos, como convinha a um sangue de bandas indígena e africana.

Nas épocas das folias de reis, arrancava sua viola do prego e ia para o Cintra ensaiar. Entre uma visita e outra, ia molhando a goela, para sustentar a requinta. Argumentava. Uma brisa mais suave era frio bastante para justificar uma martelada. Voltava pra casa, de regra, serenado.

Vai daí que, sem que nenhum vivente atinasse com a razão, o Tião deu de merecer a visita do tal Seu Zé Esteves. Entrou pelo portão lateral à casa, divisa com Daniel Guerra – passagem esburacada pela enxurrada –, foi direito para os fundos e, debaixo do pé de manga, jogou uma ou duas conversas fora, pois não era dado a palestras, bebeu café e cochilou. Tião trabalhava duro, naquela tarde. Tinha prometido entregar a reforma das cadeiras de Maria de Zé Branco. Pediu desculpas por não poder dar mais atenção. Messias acudia aos pedidos do pai e voltava a passar outra demão de verniz. Aprendia com má vontade o ofício.

Naquela noite, Tião não foi cumprir sua obrigação no centro. Eram oito horas, quando retornou da entrega. Sentia-se meio esquisito. Talvez fosse resfriar. Pensou. Parecia ter febre, com calafrios e dor no corpo. Todos os remédios amargos para fígado a Hilda havia lhe preparado. Fez chá forte de capim santo, com limão capeta cortado em cruz. Nada dava volta ao zumbido que lhe chegava à cabeça. Tava muito sensível a qualquer ruído. Começou a se implicar com as coisas da casa e com a mulher. Por volta das dez da noite, sentiu um formigamento, seguido de comichão por todo o corpo. Acabou de quebrar os trastes da casa, jogou fora as roupas e se sentiu livre para correr para o mato, uivando para a lua, arremedando os lobisomens. Talvez homenageasse o seu primeiro ancestral, rendido às forças e às belezas da natureza. Já que a noite era de lua cheia.

Quando seus familiares o arrecadaram, dava um dó ver o miserável do homem. Desguarnecido, amarrado, se debatendo como animal insubmisso, babando e uivando. Faltava-lhe o preto dos olhos. O corpo sangrava, lanhado pelas ervas de má índole, portadoras de serrilhas espinhosas. Tava medonho de ver. O pessoal do centro espírita, comandado pelo seu parente Antônio Leite, demorou bem uma quarta de tempo pra modo deixar a casa. Outro tanto para recuperar o corpo da mofina e de cuidar dos demais.

Assim contam.

Morte mesmo, para lhe ser sincero e verdadeiro, eu não conto, não. O sucedido com o tal parente meu, que eu disse e afirmo suspeitar ter mais ligação é com paixão passarinhesca, não foi morte de defuntamento; foi encantação. Pois há quem assegure que naquele transe de retesamento da passagem, quando o que é se engalfinha com o que presumido foi, nesse empate, a alma pode se ver livre da gaiola e sair cantando que nem *Carme Miranda*.

Se acheguemos aos fatos.

Pois tinha lá ele, o meu parente, uma tal sabiá laranjeira. Peito roxo. Bicho de mão. Mansinha de fazer gosto. Era esticar o dedo e a diabinha envinha e pousava nele. E se lhe desse nos temperos, ali mesmo oficiava o seu canto, sem as vergonhas do acanhamento enviuvador de talentos. Vivia, a bem dizer, solta. Causa de que a gaiola não tinha porta. Apenas uma abertura por onde entrava e saía à hora que bem entendesse. Tinha lá comida, água fresca, atenção e os cuidados do meu parente. Era a outra vida dele, vivia dizendo.

O alheio atrai cobiça. Às vezes, cobiça de ver e, às vezes, de querer. Ninguém se contenta com o que é de si. O vivente, nem bem aprendeu a engatinhar, já leva a mão às coisas e diz: – É meu! Pouco importa de quem seja. Aí se resume a malquerência no mundo.

– Deus que me perdoe por dizer – impacientava-se o parente – mas, ô trem miserável de ruim mesmo é essa tal de inveja!

Certo é que lá pra casa do parente rumava tudo quanto há de gente pra ver e assuntar o desassombrado canto da sabiá laranjeira. Não era raro alguém de parte querer comprar a bichinha. Oferecia bons trocados. Cobria e recobria a oferta. Por mais que a generosidade avançasse à bolsa, ao ponto de suspeitar falta de juízo, meu parente se firmava no mesmo tom: – O sinhô hai de me adiscurpar, mas lhe informo que num tá pra venda! Oferecia outras sabiás que criava: – Vai ficar que nem esta aqui, ó! Só tê paciênça e amô.

Era a mesma arenga. Mudava, não. E a passarinha lá ia ficando. A modo de desabafo, o meu parente arrematava meio de canto de boca, quase nos não-ouvido: – Ninguém quer carpir adonde não tem picada!

De modo que, segundo contam, meu parente já tava faltando com as paciências, perante tanta demanda. – Povo miserave de preguiçoso, sô! Ninguém qué sabê di trabaio! Nem dá nada de si... Um tiquinho de nada e essa sabiá aqui, ó, fica que nem aqueloutra. Mas os invissunêro prefere a outra. Num vendo, num dô, nem impresto! Num criei *Carme Miranda* pra negoço.

Praguejava o parente, justificado na sua indignação. E a *Carme Miranda* se arrupiava toda, no seu dedo. Parecia entender a lorota do parente. Soltava o canto. Maravilha do parente e encantamento para os presentes.

Antes que o mundo desse uma volta e que o capeta piscasse o olho, deu de um certo dia de, na casa do parente da sabiá laranjeira, aparecer o tal homem. Chegou, sentou e ficou apreciando. Abriu a capanga, puxou de lá o canivete *Corneta* e um pedaço de fumo de rolo. Da algibeira, a palha de milho. Tirou fogo com as pedras, acendeu o pavio de algodão vermelho e o cigarro. O parente não tava. O dito, então, perguntou para a mulher dele: – Qué vendê, é só botá preço qui eu compro! Me agradei do canto! A mulher do parente leu para ele a mesma bula do marido. O tal nada mais disse.

Sentado estava, sentado ficou. Amiudou os olhos, puxou o chapéu pra cima da cara, cochilou um pouco, serviu-se do café oferecido e se foi.

O parente demorou um nada pra chegar. Nem bem pisou na sala, já foi dizendo para a mulher que alguma coisa de estranho tinha acontecido. Pois sempre que entrava em casa era *sodado* por *Carme*. Ela estava parada, na gaiola. Não saltava, nem lhe fazia festa. Então, a mulher lhe contou o que havia se passado. Sem mais pensar, meu parente pegou a gaiola, montou cavalo em pelo e partiu desenfreado, atrás duma contraparente benzedeira.

O Sol ainda se confirmava no horizonte, mas perdia forças para o ocaso. A contraparente media as duas necessidades: da urgência aflitiva do meu parente e da plenitude das forças da natureza. Resoluta, pôs-se ao trabalho. Benzia a sabiá com ramos de guiné e arruda, ramo secava, se arrepiava, abria a boca, teve dor de cabeça, enjôo e chorava de olhos molhados. De repente, abriu-se-lhe a porta do inolvidável. Não contava com o acontecido. Atônita, mas especada nas orações de firmeza, via o conhecimento. Voltou destra, transida, responsabilizada:

– Na vorta pra casa, tu sorta a bichinha no segundo pau-preto, dispois da cancela! Mais não disse, nem recomendou a benzedeira. Meu parente tava desgraçado. Não lhe acudiu pergunta. Pelo caminho, chorava que nem criança.

Fez.

Longe dali, um galo apanhado pelo inopino de uma brisa fresca, arrupia as penas do pescoço. Sentindo o poder de força extraordinária a subir-lhe pelos pés, percorrer-lhe a medula e explodir-lhe na cabeça, aplica-se a um canto desesperado, para surpresa do poleiro e vizinhança. Como uma trombeta por onde passasse além do ar os pulmões do soprador, ouviu-se o anúncio rouco, poderoso, visceral.

Cego Lauriano, irrequieto, troveja: – Quem é?...

Foi tudo.

Manhã seguinte, *Carme Miranda* dormia na gaiola que sempre foi o seu lar.

Dizem que meu parente, sem delongas dali, ao se despedir de sua gaiola, esbugalhou os olhos, alevantou o braço com o dedo esticado e desarrazoado, riu mudo e falou surdo:

– *Carme Miranda*!...

Adispois, se assussegou quieto.

# REFERÊNCIAS BIBLIOGRÁFICAS

(POR ORDEM ALFABÉTICA)

Adão Ventura – Para Ciência das Partes [fragmento], Antologia, Ed. Interlivros, Belo Horizonte – MG/1975 – Coordenação Elisa Heilbuth Verçoza, pág.137.

Conceição Evaristo – Malungo, Brother, Irmão, Cadernos Negros, Os Melhores Poemas – Organizador Quilombhoje SP/1998, pág. 44/45, 4.ª estrofe.

Edimilson de Almeida Pereira – Corpo Vivido, Hipocampo/Carro, pág. 43, Mazza Edições Belo Horizonte/MG e Edições D'Lira – Juiz de Fora/MG.

Esmeralda Ribeiro – Vários Desejos de Um Rio, Cadernos Negros, Os Melhores Poemas – Organizador Quilombhoje SP/1998, pág. 67, 1/estrofe 2.

Fernando Fábio Fiorese Furtado – Dançar o Nome/Coletânea, A Primeira Dor, pág. 42, Editora UFJF, 2000.

Henry Corrêa de Araújo – Tempo/Contrário Tempo, Antologia, Ed. Interlivros, Belo Horizonte – MG/1975 – Coordenação Elisa Heilbuth Verçoza, pág.30.

Hugo de Lara – Relicário do Inferno – Poema XLII (excerto), pág. 42, Editora Boa Notícia Ltda., BH/MG, 1978.

João Cabral de Melo Neto – Os Cem Melhores Poemas Brasileiros do Século – Tecendo a Manhã, pág. 151, estrofe 1 – Organizador Ítalo Moriconi – Editora Objetiva Ltda. – Rio de Janeiro/RJ – 2001.

Manoel de Barros – Livro Sobre Nada – Desejar Ser/3, pág. 41 – Editora Record – RJ/SP, 1998.

Marcos A. Dias – Rebelamentos – Vigília Para Uma Criança de Soweto, pág. 31, 5.ª estrofe, Mazza Edições Ltda., BH/MG,1990.

Narciso Durães – Gerifalte, I – Balaio de Peixes, pág. 21, JB Artes Gráficas, Salinas/MG, 1997.

Ricardo Aleixo de Brito – Festim, Ed. Oriki/BHZ, 1992.

Roberto Piva – Os Cem Melhores Poemas Brasileiros do Século – A Piedade, pág. 251, excerto – Organizador Ítalo Moriconi – Editora Objetiva Ltda. – Rio de Janeiro/RJ – 2001.

Yeda Prates Bernes – Pérolas Reverberantes/Coletânea, A Alma, parte, pág. 98, Edição da Academia Feminina Mineira de Letras, 1998.

Este livro foi composto em tipologia Futura e impresso em papel Reciclato 90g/m² (miolo) e Cartão Carta Íntegra 230g/m² (capa), no mês de agosto de dois mil e quatro.